옮긴이 윤진

아주대학교와 서○○○○○○○○○○○○○스 문학
을 공부했으○○○○○○○○○○○○○박사학위를
받았다. 번역가로○○○○○○○○책으로 킴 투이
장편소설『루』『만』과○○○○○『중력과 은총』『위
험한 관계』『사탄의 태양 아래』『자서전의 규약』
『태평양을 막는 제방』『주군의 여인』『알렉시·은총
의 일격』『목로주점』등이 있다.

앰

em

EM
by Kim Thúy

First published in French(Canada) by Libre Expression, 2020
Copyright © Les Éditions Libre Expression, Montréal, Canada, 2020
Korean translation Copyright © 2022 by Moonji Publishing Co., Ltd.
All rights reserved.

This Korean edition was published by arrangement with Les Éditions
Libre Expression through Sibylle Books Literary Agency, Seoul.

앰
em

킴 투이 장편소설 · 윤진 옮김

문학과지성사

킴 투이 장편소설

앰

제1판 제1쇄   2022년 12월 2일

지은이	킴 투이
옮긴이	윤진
펴낸이	이광호
주간	이근혜
편집	김은주 홍상희 박솔뫼
마케팅	이가은 허황 이지현 맹정현
제작	강병석
펴낸곳	㈜**문학과지성사**
등록번호	제1993-000098호
주소	04034 서울 마포구 잔다리로7길 18 (서교동 377-20)
전화	02) 338-7224
팩스	02) 323-4180(편집) 02) 338-7221(영업)
대표메일	moonji@moonji.com
저작권 문의	copyright@moonji.com
홈페이지	www.moonji.com

ISBN 978-89-320-4102-5 03860

베트남어 'em[앰]'은 우선 가족 안에서 남동생 혹은 여동생을 뜻한다. 두 친구 사이에서 성별과 관계없이 어린 쪽을, 혹은 커플 중에서 여성을 가리키기도 한다.

나는 'em[앰]'이 프랑스어 동사 'aimer[에메]'의 명령형 'aime[엠]'(사랑하라)과 동음이의어라고 믿고 싶다.

사랑하라. 사랑합시다. 사랑하세요.

차례

일러두기

1. 이 책은 Kim Thúy의 *em*(Montréal: Les Éditions Libre Expression, 2020)을 우리말로 옮긴 것이다.

2. 본문의 주는 옮긴이의 것이다.

진실의 시작

다시 또, 전쟁이다. 어느 분쟁 지역에서든 악惡의 균열들 속에 선善이 끼어들어 자리 잡는다. 영웅주의는 배신으로 완성되고, 사랑은 저버림과 시시덕거린다. 적이 된 이들은 오로지 이기겠다는 한 가지 목표로 서로를 향해 나아간다. 그렇게 똑같이 싸우는 동안 인간성의 여러 얼굴이 한꺼번에 드러난다. 인간은 강하면서 미쳤으면서 게으르면서 충성스러우면서 위대하면서 비열하면서 순진하면서 무지하면서 경건하면서 잔인하면서 용맹스럽다. 그래서 전쟁이 일어난다. 다시 또.

나는 진실을, 적어도 실제로 있었던 일을 이야기해 보려 한다. 물론 부분적이고 불완전한 진실, 진실에 거의 가까운 진실이다. 해병 롭이 연인에게서 온 편지를 읽을 때, 같은 시각 반군 빈이 잠깐의 휴식, 잠깐의 가짜 고요 속에서 연인에게 편지를 쓸 때, 그들 머리 위의 하늘이 어떤 파란색이었는지 나는 그려낼 수 없기 때문이다. 마야 블루 혹은 스카이 블루였을까? 혹은 프렌치 블루나 셀룰리안 블루였을까? 존 이등병이 단지 안에 숨겨진 반란군 명부를 찾아냈을 때 그 단지에는 마니옥

가루가 몇 킬로그램 들어 있었을까? 막 새로 빤은 가루였을까? 우물 속으로 던져진 웃 씨가 피터 병장이 쏜 화염방사기의 불길에 산 채로 타 죽었을 때 우물물의 온도는 몇 도였을까? 웃 씨의 몸무게는 피터 병장의 절반이었을까, 아니면 3분의 2였을까? 피터 병장을 제일 많이 괴롭힌 건 모기의 공격이었을까?

나는 며칠 동안 밤을 새워가며 상상해보려고 애썼다. 트래비스의 걸음걸이를, 호아의 소심함을, 닉의 두려움을, 뚜언의 절망을, 누군가의 총상을, 또 다른 누군가가 숲에서, 도시에서, 비를 맞으며, 진흙 속에서 거둔 승리를 그려보려 애썼다. 매일 밤 냉동고의 용기 속으로 얼음 큐브가 떨어지는 규칙적인 소리를 들으면서 계속 그려보았지만 내 상상력은 결코 현실을 다 담아낼 수 없었다. 어느 병사의 증언에 따르면 적의 병사 한 명이 길이 1.3미터 무게 17킬로그램에 달하는 M67 소총을 어깨에 메고 탱크를 향해 맹렬히 돌진해 왔다. 다시 말해 그가 목격한 것은 적을 죽이기 위해서 죽을 준비가 된, 죽으면서 죽일 준비가 된, 죽음의 승리를 받아들일 준비가 된 사람이었다. 그러한 자기희생, 그렇게까지 무조건적인 대의의 신봉을 어떻게 상상할 수 있겠는가.

어린 두 아이를 데리고 수백 킬로미터의 정글을 가야 하는 어느 어머니가 한 아이를 옮기는 동안 다른 아이가 짐승들에게 공격당하지 않도록 가지에 매달아놓고, 먼저 옮긴 아이를 반대편 가지에 매달고 되돌아와, 매달려 기다리는 다른 아이를 데려가는 모습을 어떻게 떠올릴 수 있겠는가. 그 어머니는 아흔두 살 전사의 목소리로 직접 나에게 그날 일을 들려주었다. 여섯 시간의 대화 뒤에도 나는 여전히 수천 가지 세부적인 것들을 알지 못했다. 나는 어머니에게 아이들을 묶을 끈을 어디서 구했는지, 아이들의 몸에 그날 끈에 묶였던 자국이 아직 남아 있는지 묻는 걸 잊었다. 어쩌면 어머니에겐 그 모든 기억이 지워지고 단 하나, 아이들의 입에 넣어주기 위해 자기가 먼저 씹었던 야생 줄기의 맛만 남아 있지 않을까? 그럴지도 모른다.

만일 당신이 이 책에 담긴 예측 가능한 광기, 뜻밖의 사랑, 혹은 평범한 영웅주의를 읽으면서 가슴 죄는 아픔이 느껴지거든, 온전한 진실을 알게 될 때 아마도 숨이 멎어버리는, 혹은 행복감에 취하는 순간을 맞게 되리라는 걸 알아주기를. 이 책 속의 진실은 시간과 공간이 조각나 있고 불완전하고 미완성이다. 그래도 진

13

실일 수 있을까? 당신이 당신 자신의 이야기에, 당신의 진실에 반향하는 방식으로 이 질문에 답하기를. 그때를 기다리며 나는 나름의 질서를 갖는 감정들, 어쩔 수 없는 무질서를 겪는 느낌들을 따라가는 말들로 이야기해 보겠다.

고무

고무나무를 찔러 만든 상처에서 흰색의 황금이 흘러내린다. 오랜 세월 동안 마야와 아즈텍, 아마존 사람들이 그 액체를 모아 신발과 방수 옷감과 공을 만들었다. 고무를 발견한 유럽의 개척자들은 처음에는 스타킹 고정용 밴드를 만들었다. 20세기 초에 자동차가 놀라운 속도로 늘어나 풍경이 바뀌어버렸을 때, 그에 맞춰 고무의 수요도 늘어났다. 이어 고무가 더없이 중요하고 필수적인 재료가 되면서 합성 유액을 만들어야 했고, 현재 우리가 필요로 하는 양의 70퍼센트를 이 합성 유액이 충당하고 있다. 그런데 비행기 바퀴나 우주선 접합 부위에 가해지는 가속과 압력과 열을 버텨낼 수 있는 것은, 실험실에서 온갖 노력을 쏟아부었음에도, 아직까지 '나무의 눈물'*이라는 뜻을 가진 천연고무밖에 없다. 인간의 리듬이 빨라질수록 지구가 태양 주위를 도는 속도와 월식의 리듬에 따라 자연적으로 생산되는

---

*   고무를 뜻하는 'caouthouc'는 멕시코 인디언 말로 '눈물(흘리다)'을 뜻하는 'caa'와 '나무'를 뜻하는 'ochu'로 이루어진다.

고무가 더 많이 필요해진다.

탄성과 강도가 높고 방수가 잘되는 천연고무는 마치 제2의 피부처럼 몸 끝을 감싸 우리를 욕망의 후유증으로부터 지켜준다. 1870년부터 이듬해까지 이어진 프로이센-프랑스 전쟁 동안, 그 전까지 4퍼센트가 안 되던 병사들의 성병 감염률이 75퍼센트까지 올라갔다. 이 경험 이후 독일 정부는 고무 부족이 심각했던 제1차 세계대전 동안에도 병사들을 보호하기 위해 콘돔 생산을 우선적 과제로 밀어붙였다.

물론 총알이 사람을 죽인다. 하지만 어쩌면 욕망도 사람을 죽인다.

알렉상드르

알렉상드르는 누더기를 입은 6천 명의 베트남 쿨리들을 지휘하는 일에 이골이 나 있었다. 그의 일꾼들은 손도끼로 고무나무 기둥을 수직면에서 45도 각도로 내리찍어 첫 수액이 스며 나오게 만드는 법을 주인보다 더 잘 알았다. 그 상처 끄트머리에 코코넛 껍질로 만든 그릇들을 매달아 수액을 모으는 일도 일꾼들이 훨씬 빠르게 해냈다. 알렉상드르는 그렇게 일꾼들의 끈기에 의존했지만 그들이 밤에 모여 몰래 속삭이며 반기를 들 방법을 찾는다는 사실 역시 알고 있었다. 쿨리들은 처음에는 프랑스에, 이어 알렉상드르에, 이제는 그를 통해 미국에 저항하려 했다. 낮이면 알렉상드르는 폭탄 투하와 고엽제 살포를 피하는 대가로 미군의 트럭, 지프차, 탱크가 지나갈 수 있도록 몇 그루의 나무를 베어낼지 협상해야 했다.

쿨리들은 고무나무가 자신들의 목숨보다 귀하다는 걸 알았다. 그래서 농장 일꾼이든 반군이든 혹은 그 둘 다이든, 그들은 아직 멀쩡한 나무들이 만든 지붕 밑에 몸을 숨겼다. 알렉상드르는 천연 아마 재킷 아래 어느 날 밤 잠에서 깨어날 때 불길에 휩싸인 농장을 마주하게 될지 모른다는 두려움을 감추고 있었다. 또한 그는 자는 동안에 살해당할지 모른다는 공포를 떨치기 위해 하인들과 젊은 여자들, 그리고 자신의 꽁가이*들에게 둘러싸여 지냈다.

고무 시세가 급락하는, 혹은 고무를 운반하던 트럭이 항구로 가는 길에 매복 공격을 당하는 날이면 알렉상드르는 꽉 쥔 주먹을 펴줄 고운 손을, 악다문 입을 벌려줄 온순한 혀를, 분노를 품어줄 좁은 가랑이를 찾아 나무들 사이를 돌아다녔다.

고무농장의 일꾼들은 대부분 문맹이고 베트남 국경 밖으로 나갈 수 있다는 생각조차 하지 못했지만, 다른 곳에서는 합성고무가 영역을 넓혀가고 있다는 것을 알았다. 그들은 알렉상드르와 똑같은 근심을 품었고, 농장을 떠나 도시로 가서 새로운 길을 찾기도 했다. 미국인들이 오고 이내 수만 명의 미국인이 자리 잡은 도시는 새로운 가능성이 창조되는, 살고 죽는 새로운 방식이 창조되는 거대한 중심지였다. 쿨리들 중 일부는 장

---

*   con gái: 베트남어로 '어린 여자'를 뜻한다.

사꾼이 되어 스팸이라 불리는 햄을, 선글라스를, 혹은 수류탄을 팔았다. 음악 소리 같은 영어를 빠르게 익힌 이들은 곧 통역이 되었다. 가장 대담한 이들은 미국 병사들의 발아래 파놓은 터널 속으로 들어갔다. 그들은 이중간첩으로 두 사선射線 사이에서 혹은 지하 4미터 깊이에서 죽어갔다. 폭탄에 몸이 산산조각 나서 죽었고, 살갗을 파고드는 유충들에 갉아 먹혀 죽었다.

인근 숲들에 살포된 에이전트 오렌지* 때문에 농장 나무들의 4분의 1이 죽어버렸음을, 농장의 감독관이 자다가 공산주의 저항군 특공대에 참수되었음을 알게 된 날, 알렉상드르는 절규했다.

그는 자기의 길, 분노와 낙담 사이로 난 길에서 마주친 마이를 덮쳤다.

---

*   agent orange: 미국-베트남 전쟁 중 미군에 의해 사용된 고엽제의 암호명.

마이

　식민지 경쟁이 이어지던 시기에 프랑스는 인도차이나와 베트남을 본토 주민의 이주를 위한 영토보다는 경제적 착취를 위한 영토로 간주했다. 그리고 베트남에 고무나무를 심으면서 성공적으로 고무 생산 경쟁에 뛰어들었다. 농사꾼들을 관목 숲으로 데려와 토양에 깊게 뿌리 내린 대나무들을 없애고 그 자리에 고무나무를 심게 하고 매일 새벽 그 수액을 모으게 만드는 일에는 상당한 의지가 필요했다. 고무 한 방울을 얻어내려면 피 한 방울 혹은 땀 한 방울이 필요했다. 고무나무들은 25년 내지 30년 동안 피를 흘릴 수 있지만, 고무 농장에서 일하는 8만 명의 노동자들은 넷 중 하나가 그보다 일찍 쓰러졌다. 그렇게 죽어간 수천 명의 인부들은 아직도 바스락대는 나뭇잎들 틈에서, 나뭇가지들의 속삭임과 바람의 숨결 속에서 자신들이 살아서 한 일들의 이유를 묻고 있다. 왜 자신들이 열대 숲을 없애고 그 자리에 아마존에서 온 나무들을 심어야 했는지, 그 나무들에 상처를 내야 했는지, 몸이 마르고 머리카락이 흑단처럼 검은 자기들의 어른과 전혀 다른 덩치 크고 뺨이

창백하고 몸에 털이 많은 사람들에게 왜 무조건 복종해야 했는지 묻는다.

마이는 쿨리들처럼 구릿빛 피부를 가졌고, 알렉상드르는 영지를 왕처럼 다스리는 주인이었다. 알렉상드르는 분노 속에서 마이를 만났다. 마이는 증오 속에서 알렉상드르를 만났다.

쿨리

'쿨리coolie'는 지난 세기부터 다섯 대륙의 여러 나라에서 사용되어온 단어다. 원래는 노예 무역 시절에 쓰던 배로 그때와 같은 선장들이 중국과 인도에서 데려온 일꾼들을 가리켰다.

목적지에 도착한 쿨리들은 사탕수수 농장에서, 광산에서, 철도 작업장에서 짐승처럼 일했다. 많은 쿨리들이 5년의 계약 기간을 채워 약속된, 꿈꾸던 돈을 받기 전에 죽었다. 쿨리를 관리하는 회사들은 바다를 건너오는 사이 '전체 몫' 중에서 20퍼센트 내지 30퍼센트, 심지어 40퍼센트까지 죽는 것을 용인했다. 프랑스와 네덜란드 식민지에서 계약 기간이 끝날 때까지 살아남은 쿨리들은 세이셸, 트리니다드토바고, 피지섬, 바베이도스, 과들루프, 마르티니크, 캐나다, 오스트레일리아, 미국 등지에 정착했다. 쿠바혁명 이전에는 아메리카 대륙에서 가장 큰 차이나타운이 아바나에 있었다.

인도인 쿨리 중에는 남편의 학대나 절망적인 상황을 피해 도망쳐 온 여자들도 섞여 있었지만, 중국인 쿨리들은 전부 남자였다. 중국 여자들은 미끼를 물지 않왔다. 그래서 중국 남자들은 고향으로 돌아갈 기약 없이 살게 된 식민지에서 현지 여자들의 품에 안겨 위안을 얻었다. 자살의 유혹을 이겨내고 영양실조와 학대에서 살아남은 이들은 함께 모여 신문을 발간하고, 여러 단체를 세우고, 식당을 열었다. 그들과 함께 볶음밥과 간장과 완탕이 전 세계로 퍼져나갔다.

인도 남자들에게는 자신들과 마찬가지로 모험을 떠나온 여자들이 있었기에 적어도 셋 중 하나는 인도 여자에게 구애할 수 있었다. 그런 상황은 여자들의 지위를 바꾸고 카스트제도를 흔들었다. 여자가 남자를 고를 수 있고, 지참금을 들고 가는 대신 반대로 요구할 수 있는 입장이 된 것이다. 그렇게 여자들이 힘을 갖게 되자 남자들은 아내를 얻지 못하거나 빼앗길까 봐 두려워했다. 그들은 이웃 남자들과 행인들에게서, 그리고 여자들에게서 위협을 느꼈다. 그래서 아내를 금고처럼 철저히 차단된 집 안에 가두기도 했고, 선물 상자를 리본 끈으로 묶듯 아내를 끈으로 묶어두기도 했다. 남자들의 두려움과 충돌한 여자들의 힘은 죽음으로, 치명적인 결과로 이어졌다.

옛 노예들, 그리고 중국과 인도의 쿨리들이 고국을

떠나온 것과 달리 베트남의 쿨리들은 자기 나라에 그대로 머물면서, 고국을 떠나온 식민자들이 강요하는 조건으로 다른 쿨리들과 다름없이 일했다.

알렉상드르와 마이

마이는 알렉상드르의 농장에 잠입하라는 임무를 받았다. 농장에서 마이는 매일 몇 그루의 나무를 구해낼 수 있다는 사실에 행복했다. 나무에서 수액이 다시 흐르지 못하도록, 나무가 농장주의 돈벌이를 위해 다시 피 흘리지 않도록, 마이는 기둥에 깊은 상처를 냈다. 날마다 새벽 4시에 일어나 농장주 알렉상드르를 파괴하고 그의 재산에 길고 느린 죽음을 안기면서 자신의 애국심을 증명했다. 중국 황제들이 하던 것처럼 한 번에 한 그루씩, 한 번에 한 개씩 상처를 냈다. 살천도*처럼.

알렉상드르와의 사랑이 마이의 임무에 종지부를 찍었다.

알렉상드르는 마이의 머리채를 잡아 방으로 끌고 왔다. 그러고는 자신의 꽁가이들이 늘 하는 일을 시켰다. 마이는 거부했고, 알렉상드르의 목을 45도 각도로 베어버릴 기세로 낫을 들고 달려들었다.

---

* 殺千刀: 천 번 칼질을 해서 죽인다는 뜻으로, 중국에서 시행되던 능지처형을 말한다.

마이는 알렉상드르를 죽일 생각이었다. 최소한 농장에서, 이 나라에서 쫓아낼 생각이었다. 알렉상드르는 고무로 돈을 긁어모으고 붉은 개미한테 물리고 골족*의 살갗을 뜨거운 바람에 태우면서 단련된 늙은 늑대였다.

마이가 농장에 처음 온 날부터 기다려온 순간이었다. 죽이고 싶다는, 자기 민족의 복수를 하고 싶다는 욕망으로 달아오른 마이는 비취를 닮은 알렉상드르의 두 눈을 향해 달려들었다. 하지만 너무도 평온한 그의 눈길 앞에서 흔들렸다. 고향 하롱만灣의 고요하고 짙은 초록으로 돌아간 듯한 느낌이 조금 전까지 불타오르던 마이의 기세를 멈춰버렸다. 그 누구에게도 사랑받지 못하는 삶에 너무 많이 지쳐 있던 알렉상드르는 모든 걸 내려놓았다. 차라리 긴 휴식을 얻고 싶었다. 이 낯선 땅, 어쩌다 보니 자신의 땅이 되어버린 이 땅에서의 긴 싸움을 끝내고 싶었다.

학자들이 마이와 알렉상드르의 사랑 이야기를 들었다면 스톡홀름 증후군 대신에 떠이닌 증후군, 벤꾸이

---

* 서유럽 지역에 거주하던 켈트족으로, 특히 로마제국의 라틴인들에게 동화되기 이전의 프랑스인을 가리킨다.

증후군, 혹은 싸깜 증후군이라는 말이 생겼을지도 모른다. 10대의 마이는 자신에게 부여된 임무에는 투철했지만 사랑을, 사랑의 부조리함을 경계하는 법은 알지 못했다. 예고도 논리도 없이 닥치는 마음의 충동이 정오의 태양보다 더 인간을 눈멀게 만들 수 있다는 사실을 알지 못했다. 죽음과 마찬가지로 사랑이 찾아와 문을 두드리면 우리는 단 한 번의 노크에도 그 소리를 들을 수 있다.

벼락처럼 닥쳐 사랑이 되어버린 마이와 알렉상드르의 감정은 주변 사람들의 의견을 갈라놓을 만하다. 이상주의적 몽상가들은 그 사랑에서 모두가 얽혀 하나가 되는 더 나은 세상의 가능성을 볼 테고, 현실주의자들과 참여적인 사람들은 그들이 너무 안일하다고, 역할을 뒤집어버림으로써 경계를 흐리게 만드는 경솔한 짓을 저질렀다고 비난할 것이다.

하지만 적대적인 이들이 뒤섞여 지내던 그곳에서 서로의 적이었던 주인과 일꾼의 자식 떔의 탄생에는 무언가 진부하도록 일상적인 것이 있었다.

떰, 알렉상드르, 마이

가족이라는 포근한 고치 속의 떰은 알렉상드르의 힘이 제공하는 특권과 조국을 배신한 마이가 겪는 수치심 사이에서 자라났다. 버터크림 생일 케이크가 쿨리들과 그 가족들이 모여 사는 마을의 아이들과 떰 사이에 분명한 경계선을 그었다. 알렉상드르와 마이, 유모, 정원사, 찬모가 물샐틈없는 울타리를 이루고 있었기에 그 안의 떰은 일꾼의 아이들과 어울릴 기회가 없었다. 하지만 양쪽의 적이 공개적으로 전쟁을 시작하던 날, 모두가 같은 전쟁터에 놓였다. 총알은 연기로 고무를 말리는 남자와 피아노 수업을 받는 여자아이를 구별하지 않았다. 압축해서 말아놓은 고무 100킬로그램을 끄는 남자와 제 두 손을 오로지 사랑에만 쓰는 남자는 숨을 거두기 전에 똑같은 대우를 받았다. 아직 드론이 등장하지 않았고 원거리 공격도 불가능하던 시절, 아직 눈도 손도 더럽히지 않은 채로 적을 죽일 수는 없던 시절, 전투 지역은 인간이 서로를 없애면서 동등해질 수 있는 유일한 장소였다.

그렇게 알렉상드르와 마이의 운명이 일꾼들의 운

명과 하나가 되어 모두 같은 장소에 함께 쓰러졌다. 줄지어 선 나무들 사이를 가로지르며 비처럼 쏟아지는 네이팜탄 아래 무너진 잔해와 공포의 침묵 속에서 모두의 몸이 겹겹이 쌓였다.

유모는 방탄 재질 덕분에 방패 역할을 해준 금고와 식기장 사이에 몸을 숨겨 뗌을 지켜냈고, 사실상 뗌의 어머니가 되었다.

떰과 유모

    총소리가 처음 잦아들었을 때, 환한 빛에 잠긴 집 안에서 반복적이고 희미한 선풍기 소리만 들려올 때, 유모는 숨어 있던 곳에서 떰을 데리고 나왔다. 유모와 떰이 자신들의 발이 땅을 디디는 리듬에 맞춰 숨을 헐떡이며 뛰는 동안 새들도 울음을 멈추었다. 그들은 쓰러진 채 정체성과 의미를 비워내고 있는 육체들로부터 멀리, 고무 공장 반대 방향으로 달려갔다. 모든 게 사라진 땅은 더 이상 태양과 나뭇잎이 춤추던 무대가 아니었다. 여과 장치를 잃은, 자비심이 사라진 열대의 기후는 난폭했다. 물소를 끌고 가던 소년과 지프를 몰던 병사와 빈 단지들을 옮기던 이의 친절 덕분에 몇 주 뒤 유모는 떰을 데리고 자신의 고향 마을에 이를 수 있었다. 유모는 얼굴이 잘 보이지 않을 정도로 먼지를 뒤집어쓴 떰을 새 '오빠'와 새 '할머니'에게 인사시켰다. 떰의 밝은색 머리카락과 캐러멜색 눈동자는 오는 길에 불결한 것들을 접하면서 짙어지고, 옷의 진분홍색은 바람에 닳아 흐려져 있었다. 떰의 유년기는 마치 누군가 줄기를 꺾어버린 꽃처럼 피어나기도 전에 시들어버렸다.

떰은 미라이에서 3년을 살았다. '할머니'는 떰에게 벼를 타작하고 키질하는 동안 짚단에서 떨어지는 이삭을 주워 모으는 법을 가르쳐주었다. 미라이와 다른 마을에는 조부모 손에 자라는 아이들이 많았다. 식구들 중 돈을 많이 버는 일자리를 구할 수 있는 사람이 나서고 나머지 식구들이 뒷바라지를 했다. 일자리를 얻은 사람은 가족을 먹여 살릴 의무를 지녔다. 아버지 혹은 어머니는 사랑 때문에 아이들을 떠났다. 돼지우리에서 혹은 집에서, 쏟아지는 욕설과 함께 머리로 날아와 부딪쳐 깨진 그릇 조각들을 처량하게 주워 모으는 모습을 아이들에게 보여주고 싶지 않았기 때문이다.

하녀와 알렉상드르

알렉상드르의 하녀는 20년 넘게 일하다가 뗌이 태어났을 때 유모의 지위를 얻었다. 주인 알렉상드르에게 닥친 외적이고 내적인 격동을, 바닥 모를 슬픔을, 이유 없이 폭발하는 분노를 모두 겪은 유일한 하녀였다. 그래서 알렉상드르의 하녀는 주인의 구두 굽이 타일 바닥에 닿는 소리만으로도 그의 마음의 동요를 알아챌 수 있었다. 고향을 그리워하는 그의 마음을, 베트남에 뿌리 내리지 않으려 애쓰는 그의 저항을 가늠할 수 있는 단 한 사람이었다. 처음 베트남에 왔을 때 알렉상드르는 구겨지고 낡은 셔츠를 풀어헤친 채로 다니는 다른 농장주들과 달리 늘 재킷을 입고 엔지니어답게 행동했다. 언제나 허리를 똑바로 세우고 앉았고, 다른 프랑스인들이 하듯이 아무 말이나 떠들지 않았다. 다른 나이 많은 농장주들과 달리 그는 원주민들처럼 붉은 흙에 손을 넣고 그 땅을 느껴보았다. 하지만 서서히 해악에 물들어간 그의 몸은 다른 농장주들의 몸을 따라 하기 시작했다. 생산량이 떨어지면 죽어버린 나무뿌리를 살펴보는 대신 쿨리들을 야단쳤고, 자기도 모르게 올라간 손이 쿨리

들의 거친 목덜미를 향했다. 열대 계절풍과 재정적 불확
실성과 환멸에 시달려 늙은 전사가 된 알렉상드르는 이
제 다른 농장주들과 다르지 않았다.

하녀는 미혼모로 낳은 아이를 떼어놓고 열다섯 살
에 알렉상드르의 농장으로 왔다. 처음에는 하녀장을 수
발하는 하녀의 하녀로 일했다. 닭털을 뽑고 생선 비늘
을 벗기고 칼로 돼지고기를 다지는 일까지 다 하면서도
다른 모두가 먹고 남은 것을 마지막으로 먹어야 했다.
자신이 보필하던 하녀가 떠나간 뒤에는 알렉상드르의
방을 청소하는 일을 이어받았다. 다시 말해 눈에 띄지
않은 채로 주인이 편안히 쉴 수 있게 하는 일이 주어졌
다. 하녀는 시트에 잡힌 주름만 보아도 근심에 사로잡
힌 알렉상드르가 침대 모서리에 걸터앉아 두 손으로 머
리를 감싼 채 밤을 보냈음을 짐작할 수 있었다. 흑단 같
은 머리카락이 떨어져 있는 것으로, 그리고 그 머리카
락이 놓인 위치에 따라서 알렉상드르의 몸이 어떻게 움
직이며 사랑을 즐겼는지 그려낼 수 있었다. 주인의 흔
적을 따라 지내온 세월 동안 알렉상드르가 돈의 일부를
어떻게 숨겨두는지도 알게 되었다. 표지만 남기고 책장
을 전부 없앤 자리에 지폐 뭉치와 24캐럿짜리 금줄에

끼운 금반지들을 넣어둔 책을 지키는 일 역시 하녀의 몫이 되었다. 그래서 도둑이 선반에 놓인 다른 책들과 그 책을 구별하지 못하도록, 단단한 표지 위에 남은 알렉상드르의 손가락 자국을 매일 지웠다. 하녀는 알렉상드르의 그림자를 따라다니는 그림자였다. 그의 수호천사였다.

유모와 떰

떰이 태어나자 유모가 된 하녀는 아이를 어머니처럼 보살폈고, 그렇게 미라이의 어머니 집에 두고 온 아들에게는 줄 수 없었던 미소를 되찾았다. 농장 일꾼들은 하녀를 '젖 언니'를 뜻하는 '찌부Chị Vú'라고 불렀다. 돈이 많은 여자들은 가슴이 망가지지 않도록 아이에게 젖을 먹일 젊은 엄마를 구했다. 극도로 조심스러운 베트남어에서도 성적인 의미가 조금도 담기지 않은 이런 문맥에서는 망설임이나 거북함 없이 '젖'이라는 단어를 쓸 수 있었다. 주인 여자들은 젖가슴을 빌려준 찌부 여인들을 물건으로 취급하며 다른 아이에게는 절대 젖을 먹이지 못하게 했다. 몇몇 찌부들은 밤이 되면 자기 아기에게 달려가기도 했는데, 그러다가 들키면 혼나거나 쫓겨났다. 대부분의 찌부는 주인의 아기에게만 젖을 먹이며 애정을 쏟았다. 어차피 자신들이 낳은 아이는 50킬로미터, 100킬로미터, 500킬로미터 떨어진 곳에 살고 있었기 때문이다. 아름다움을 위해 모성의 특권을 포기한 주인 여자들은 앞으로 아이가 어머니의 살갗에서 나는 수입 향수의 향기보다 찌부들의 땀 냄새에 애착을 갖게 되리라는 사실을 알지 못했다.

떰의 유모는 아이에게 젖을 먹이지는 않았다. 하지만 숟가락을 들고 따라 뛰어다니면서 떰을 키웠다. 그렇게 밥을 먹는 일은 두 친구 사이의 술래잡기 놀이가 되었다.

떰과 중등학교

미라이에서 유모는 떰을 자전거에 태워 다녔고, 피
아노 수업에 데려다주느라 몇 킬로미터나 페달을 밟았
다. 탈출하던 날 반지와 돈이 숨겨진 책을 가지고 왔지
만, 그 책을 열지 않기 위해서 바지를 수십 번 기워 입었
다. 낮에는 떰이 학교에서 공부하도록 격려했고, 밤에는
호기심 어린 시선들을 피하기 위해 떰을 어머니와 자기
사이에 재웠다.

알렉상드르와 마이가 남긴 뜻에 따라 떰을 사이공
에서 가장 좋은 여자 중등학교에 보내기로 한 유모는
도움을 줄 만한 지역 교사들을 수소문해 입학시험 지원
서를 준비했다. 자롱 중등학교*는 몇 차례의 이전과 점
령, 그리고 설립 목적의 변경에도 불구하고 명성을 이
어오고 있었다. 20세기 초 처음 설립되었을 때는 '현지
인 여학교'라 불리던 자롱 중등학교에서는 일주일에 두

---

*   프랑스 식민지 시대에 세워진 신식 여학교로 당시 이름은 '아오떰'이
    었다. 1940년대에 일본군과 영국군이 학교를 점령하기도 했고, 이름
    도 '자롱'으로 바뀌었다. 베트남 통일 이후 1930년대 여성 혁명 전사
    의 이름을 따서 '응우옌 티민카이' 중등학교가 되었다.

시간으로 정해진 베트남 문학 수업을 제외하고는 늘 프랑스어를 사용했다. 수십 년이 지난 뒤에야 베트남어 과정이, 곧이어 영어 과정이 생겼다. 해마다 전국에서 수천 명의 소녀들이 시험을 치르러 왔지만 열 명 중 한 명만 입학할 수 있었다. 졸업생은 훌륭한 신붓감으로 꼽히기도 하고 때를 잘 만나면 정치 활동을 하거나 혁명가가 될 수도 있었기에, 가장 뛰어난 학생들이 입학 시험에 지원했다.

유모는 뗌을 위해 미라이를 떠나 사이공으로 가기로 했다. 미라이에서 뗌은 남 얘기 좋아하는 이들의 험담을 피하기 위해 허리를 굽히고 어깨를 움츠려야 했지만, 사이공에서는 모든 기회가 열리리라 생각했다.

버스를 타고 먼 길을 떠나기 전날, 유모는 밤새도록 뗌의 등에 아주 조심스럽게 부채질을 해서 모기를 쫓으며 시원하게 잘 수 있게 해주었다. 뗌이 잠에서 깼을 때는 돼지고기 소시지와 오이, 고수가 들어간 반미bánh mi* 가 준비되어 있었다. 유모는 신선한 땅콩을 넣은 찹쌀떡을 커다란 바나나 잎 두 장으로 싸고, 한때 농장에서 일

---

*   '바게트'를 뜻하는 베트남어.

하다가 지금은 사이공에서 여관을 운영하는 사람에게 선물할 말린 오징어도 챙겼다.

학교 앞 길에는 어머니들과 이모들, 여자들로 발 디딜 틈이 없었다. 시험을 치르는 이틀 동안 유모는 잠시도 쉬지 않고 손가락으로 묵주를 돌렸다. 지원자가 선발 인원의 수백 배가 넘으니, 하느님도 부처님도 학교 앞에 서 있는 모든 이의 기도를 들어줄 수는 없지 않겠는가. 그래서 유모는 이미 이 학교 시험에 합격한 적이 있는 마이는 답을 다 알리라 기대하며 마이의 영혼에 빌었다.

합격자 명단에서 똄의 이름을 본 유모는 마이의 영혼이 딸을 지켜주었다고 믿었다.

프랑스

프랑스는 베트남의 땅을 경작하면서 그 땅에 뿌리를 내렸다. 뿌리가 훌륭하게 정착한 탓에 지금도 베트남 사람들은 매일 별생각 없이 100여 개의 프랑스어 단어를 사용한다.

café(카페/커피): cà phê(까페)

gâteau(가토/케이크): ga-tô(가또)

beurre (뵈르/버터): bơ(버)

cyclo(시클로): xích lô(씩로)

pâtê(파테): pa-tê(빠떼)

antenne(앙텐/안테나): ăng-ten(앙땐)

parabole(파라볼/우화): parabôn(빠라본)

gant(강/장갑): găng(강)

crème(크렘/크림): kem(깸), cà rem(까램)

bille(비유/구슬): bi(비)

bière(비에르/맥주): bia(비아)

moteur(모퇴르/모터): mô tơ(모떠)

chemise(슈미즈/셔츠): sơ-mi(서미)

dentelle(당텔/레이스): đăng ten(당땐)

poupée(푸페/인형): búp bê(붑베)

moto(모토/오토바이): mô tô(모또)

compas(콩파/컴퍼스): com pa(꼼빠)

équipe(에키프/팀): ê kíp(에낍)

Noël(노엘/성탄절): nô en(노앤)

scandale(스캉달/스캔들): xì căng đan(씨깡단)

guitare(기타르/기타): ghi ta(기따)

radio(라디오): ra dô(라조)

taxi(탁시/택시): tắc xi(딱씨)

galant(갈랑/정중한): ga lăng(갈랑)

chef(셰프/우두머리): sếp(셉)

베트남인들은 이 단어들을 일상적으로 사용한다. 식민지에 온 프랑스인들 역시 베트남어를 익혔다. 그들은 자기들의 언어 습관대로 베트남어를 발음했고, 베트남 단어들에 다른 의미를 더하기도 했다. 그렇게 '꽁가이'는 '소녀, 딸'뿐 아니라 '매춘부'를 의미하게 되었다. 아니, 매춘부의 뜻으로 더 많이 쓰였다. 오로지 매춘부라는 뜻으로만 쓰였다.

떔이 태어난 뒤, 알렉상드르는 떔이 딸이었음에도 '꽁가이'라는 단어를 사용하지 않았다. 자기 딸이었기 때문이다.

유모와 띰, 사이공에서

유모는 사이공으로 이사 와서 마이와 알렉상드르의 사랑을 기리며 어머니처럼, 어머니가 되어 띰을 돌보았다. 매일 수업이 끝나는 시간에 맞춰 얼음을 채운 녹즙 잔을 들고 띰을 기다렸다. 너도나도 라우마*에 들어 있는 비타민이 띰이 훌륭한 성적을 내는 비결이라 믿고 따라 하기 시작했다. 유모는 사탕수수 주스보다 이름에 '어머니'를 뜻하는 '마má'가 들어가는 라우마 주스가 더 좋았다. 무엇보다 띰이 매일 '마'라는 말을 듣게 해주고 싶었다. 그래서 첫 한 해 동안 하루도 거르지 않고 그렇게 했다. 돈이 꼭 필요할 때, 그러니까 건물들 사이에 끼어있는 가로 2미터에 세로 5미터짜리 창고를 집 대신 구할 때, 속옷이 필요할 때, 결이 가는 머리카락이 수업 동안 흘러내리지 않도록 해줄 머리핀 네개를 사야 할 때, 연보라색 잉크를 사야 할 때는 반지를 팔았다.

---

*　rau má: 미나릿과에 속하는 다년생 허브로 '호랑이풀'이라고도 불린다. 의약품으로도 쓰며 녹즙처럼 갈아서 마시기도 한다.

남은 반지들은 햇빛에 색이 바랜 두 개의 자주색 주머니에 넣어 늘 입고 다니는 흰색 긴소매 면 블라우스 안쪽에 꿰매 이중으로 숨겼다. 그렇게 유모는 도둑과 악당이 우글대고 호기심 많은 사람들이 들끓는 거리를 낡은 원뿔 모자로 얼굴을 가린 채 영혼도 사연도 없는 그림자처럼 소리 없이 돌아다녔다. 만일 유모가 없었다면 사이공의 늑대들이 떰을 한입에 집어삼켰을 것이다. 아무리 다른 소녀들과 똑같은 흰색 교복을 입고 대부분의 또래 여학생들과 똑같이 머리카락을 두 갈래로 땋고 다녀도, 눈부시게 환한 떰의 얼굴빛은 이미 여자에 여한이 없는 눈길들까지 사로잡았다. 다행히 떰의 각진 어깨는 전통적으로 찬미되어 온 여자들의 은근한 아름다움에 익숙한 사람들에게 몹시 거슬렸다. 베트남 시인들은 예부터 곱게 처진 어깨선의 우아함을 찬미했다. 아오자이의 유행이 바뀌어도 디자이너들은 목둘레에서 겨드랑이로 바느질 선이 이어지는 래글런 소매만큼은 그대로 두어 어깨 넓이가 두드러지지 않게 했다. 돌아다니며 팔 국물이나 벽돌을, 심지어 재활용할 유리와 탄피를 넣은 바구니를 양쪽에 매단 무거운 장대 지게를 진 베트남 여인들의 어깨 힘을 외국인들은 가늠하기 어려웠다.

그 누구도 떰의 유모가 장대 지게의 한쪽 바구니
에 예순 개쯤 되는 옥수수 이삭을, 다른 바구니에는 숯
풍로를 넣어 다니리라고 짐작하지 못했다. 유모는 행인
들에게 옥수수를 어떤 방식으로 익힐지 고르게 한 다음
삶거나 구운 옥수수에 대파 소스를 곁들여서 건넸다.
떰이 수업을 듣는 내내 그렇게 동네를 누비고 다녔지
만, 수업이 끝난 뒤에는 절대 아니었다. 수업이 끝날 때
까지 다 팔지 못한 옥수수는 동네의 거지들에게 나누어
주었다.

유모와 떰, 미라이에서

방학 동안 유모는 떰을 데리고 미라이에 가기로 했다. 아들과 새 며느리 사이에서 손자가 태어난 것을 축하해주고 싶었기 때문이다. 떰은 티셔츠 두 장과 거기에 어울리는 반바지 두 벌을 선물로 골랐고, 유모는 텔컴파우더와 젖병, 모자, 얇은 펜던트가 달린 금 목걸이를 준비했다. 미라이에 도착하자마자 유모는 이웃들과 함께 손자의 출생 한 달을 맞는 잔치를 준비했다. 신생아가 가장 위험한 시기를 무사히 넘기고 진짜 삶을 시작하는 것을 축하하는 행사였다. 유모는 한참 동안 맡던 아기의 살냄새에 취해 잠들었다. 떰은 평소처럼 대나무 침대에서 잤다.

평소 유모는 새벽이면 잠이 깼다. 하지만 그날은 전날의 잔치 때문에 피곤했기에, 헬리콥터들이 곤충 떼처럼 논 위로 내려앉을 때까지 침대에 누워 있었다. 사실 농부들이 미군을 두려워한 것은 수류탄이나 기관단총 때문이 아니라 예측할 수 없는 그들의 즉흥성 때문이었다. 하지만 이미 기습 순찰에 익숙해진 마을 사람들은 아침 식사를 계속했다. 유모의 어릴 적 친구는 시장에 가려고 나섰고, 마을의 현자는 해먹에 누워 시를 낭송했고, 아이들은 초콜릿과 연필, 사탕을 기대하며 걸어오는 병사들에게 달려갔다. 병사들이 암탉들과 인간들을 구별하지 않고 총을 쏘고 집에 불을 지르리라고는 그 누구도 상상하지 못했다.

지난밤 떰은 어린아이로 잠들었다. 이튿날 깨어났을 땐 가족을 다 잃었다. 천진스러운 웃음에서 혀가 잘린 어른의 침묵으로 단번에 옮겨 갔다. 단 네 시간 만에, 늘 길게 땋아 늘어뜨렸던 어린 소녀의 머리카락이 가죽이 벗겨진 머리들 앞에서 헝클어졌다.

테이크 케어 오브 뎀

선택할 수만 있었다면 유모는 암퇘지가 죽을 때 이 웃집 남자 대신 같이 죽어서 그 딸들이 강간당하는 모 습을 지켜보지 않았을 것이다. 유모는 다가온 병사들에 게 동료들이 하듯이 뗌과 며느리를 범하지 말아달라고, 칼로 난도질하지 말아달라고 애걸했다. 그리고 그때, 한 병사가 짚단 뒤에 숨어 제 발에 총을 쏘는 모습을 얼핏 보았다. 동료들은 그 병사가 총에 맞아 울부짖는다고 생각했지만, 유모는 그가 이미 한참 전부터 고개를 허 벅지 사이에 파묻은 채 울부짖는 것을 보았다. 네 시간 동안 유모는 마을 사람들이 땅 밑 은신처에서 산 채로 불타고, 귀가 잘리고, 가슴에 구멍이 나는 것을 지켜보 았다. 사람들은 겁에 질렸고, 넋을 잃었고, 믿지 못했고, 잔뜩 경계했다.

유모는 또 한 병사가 한쪽에 모여 있는 마을 사람 들을 논을 둘러싼 관개용 수로 쪽으로 데려가라는 명령 을 받는 것도 보았다. 병사는 사람들을 지키고 있으라 는 명령으로 받아들였다. "테이크 케어 오브 뎀Take care of them." 무기도 들지 않은 사람들을 지키는 동안 시간이 더디게 흘러갔고, 병사는 아이들과 어울리기 시작했다. 그는 술래 정하는 노래를 흥얼거렸고, 율동까지 더해가며 동요「잭 앤드 질 고 업 더 힐Jack and Jill go up the hill」을 불렀고, 추잉 껌으로 커다란 풍선을 만들었다. 그는 자기에게 이 임무가 주어져 다행이라고 생각했다. 지하 은신처를 열어야 했을 땐 너무 두려워 오줌을 지린 적도 있었다. 땅속 은신처를 열 때마다 안에 몇 명이 기다릴지 알 수 없었다. 깊이도 다 달랐다. 1미터일까? 2미터? 아니면 5미터? 수류탄이 있을까 없을까? 뾰족한 끝에 오줌과 인분을 발라놓은, 몸을 꿰뚫을 준비를 하고 기다리는 죽창이 있을까 없을까? 열아홉 살의 병사에게는 아직 형제들, 사촌 형제들과 함께하던 술래잡기의 기억이 생생했다. 그는 숨어 있다가 술래에게 들킬 때뿐 아니라 술래가 되어 숨어 있는 친구들을 찾아낼 때도 깜짝 놀라는 아이였다. 그의 아버지가 아직 첫사랑도 겪지 않은 아들이 쭈그려 앉은 적들을 내려다보는 광경을 보았더라면 무척 뿌듯했을지도 모른다. 다행히도 아버지는 다시 다가온 상관이 얼굴에 대고 "테이크 케어 오브 뎀!"이라고 고함치는 순간 울음을 터뜨리는 아들의 모습을 볼 수 없었다. 병사는 눈을 질끈 감고 기관총 탄창에 들어 있던 총알을 모두 내보냈다.

　몇 달 뒤 정치인들과 판사들이 그에게 마치 아이스
크림선디 위에 얹은 체리처럼 시신 더미 위에 거의 벌
거숭이 상태로 비스듬히 엎드려 있는 아기의 사진을 보
여준다.

　"움직이는 건 전부 사살하라는 명령을 받았습니다."

　"민간인도요?"

　"네."

　"노인들도?"

　"네."

　"여자들도?"

　"그렇습니다, 여자들도요."

　"아기들도?"

　"아기들도요."

　병사는 깊이 고민하지 않고 태연하게 대답한다. 표
정 변화 없이 대답한 사람이 그 혼자만은 아니다. 유모
가 찍힌 사진에 대해 질문을 받은, 어깨가 넓고 등이 뻣
뻣하게 긴장된 한 병사는 고통을 덜어주기 위해서 유모
와 아들과 손자, 그리고 며느리를 죽였다고 주장한다.
어쩌면 그날 사진기자에게 인간의 행태에 대한 미래의

연구를 위해 현장의 순간을 담아 오라는 지시가 내려왔던 게 아닐까? 아직 선고되지는 않았지만 확실하게 눈앞에 와 있는 죽음을 30초 앞두고 사람들은 제각기 다르게 대응한다. 그날은 몇 가지 선택지가 있었다. 산 채로 불에 타서 죽기, 산 채로 땅에 묻혀서 죽기, 총알에 맞아서 죽기.

100년 된 나무와 사진기자의 렌즈 사이에 선 유모는 이미 자기를 덮치는 죽음을 본 듯 공포에 휩싸인 얼굴이다. 아들이 온몸으로 유모를 껴안고, 아들의 젊은 아내는 아이를 부둥켜안은 채 블라우스의 마지막 단추를 채운다. 젊은 여인의 배꼽 위로 삼각형의 맨살이 드러나 있다. 고개 숙인 얼굴은 비정상적으로 평온하고 눈빛은 강렬하다. 머리카락은 막 새로 묶은 것 같다. 구겨진 옷은 흙먼지투성이다. 훗날 사진기자는 어쩌면 자기 사진기의 셔터음이 병사의 기관단총을 발사시킨 게 아닌지 자문하게 될 것이다. 그는 신중하고 느린 어조로, 사진 속 젊은 여인이 강간을 당한 뒤 옷을 입고 있을 때 총탄들이 날아왔다고 증언한다. 블라우스 자락이 아기의 다리에 걸려 당겨지고, 여인의 손가락이 똑딱단추를 잠그려고 헛된 노력을 한다.

유모는 미처 고개를 들어 카메라의 렌즈를 바라보
지 못하고 쓰러졌다.

유모를 잃은 떰

떰은 사람들에게 떠밀려 골짜기로 떨어졌고, 오래 전 부모가 죽을 때 그랬듯이 유모의 마지막 순간을 보지 못했다. 부모의 죽음을 보지 못했기에 떰은 그들이 정원의 부겐빌레아 울타리 옆에 달아놓은 해먹에 같이 누워서 사랑의 잠에 깊이 빠진 채로 죽음을 맞았다고 믿을 수 있었다.

떰은 유모가 탈출에 성공했고 손자를 데리고 산속의 어느 외진 마을에 들어가 살고 있다고 상상했다. 그날 마침내 상관의 명령을 이해한 병사가 총을 쏘아댈 때 떰은 자기도 맞은 줄 알았다. 사실은 한 어머니의 품에 따로 묶여 있던 아기의 머리가 떰의 눈앞에서 깨져버린 순간에 기절했다. 병사는 정말로 그 어머니가 장대 지게 바구니에 무기를 넣어 옮기는 사람이라 생각하고 총을 쏘았을까, 떰은 믿을 수 없었다.

관점

미국인들은 '베트남전'이라고 부르지만, 베트남인들에게는 '미국전'이다. 아마도 이 차이 안에 전쟁의 이유가 들어 있다.

떰과 조종사, 미라이에서

늘어진 시신들 틈에서 벗어나려 애쓰는 자기 모습이 어느 헬리콥터 조종사의 눈에 띌 줄 알았더라면 떰은 절대 움직이지 않았을 것이다. 소리 내어 우는 바람에 두번째 사격 때 죽어야 했던 아기와 달리, 떰은 엄마 젖을 입에 물지 않고도 조용히 죽은 척할 수 있었다. 다른 사람들의 피가 떰의 귓속으로 흘러들었다. 그 순간 떰은 자신이 죽어 인간에게는 금지된 장소인 지옥에 들어와 있다고 생각했다. 하지만 죽음도 누구에게나 주어지지는 않는다.

조종사는 떰의 등 위에 자신이 몇 달 전, 며칠 전, 몇 시간 전에 재워준 딸 다이앤과 똑같은 머릿결이 물결처럼 일렁이는 것을 보았다.

조종사는 삶을 보았다. 헬리콥터가 떰을 향해 내려왔고, 불빛을 받은 시신들 틈에서 떰을 끌어냈다. 조종사는 지워지지 않는 장면들로 젖고 더러워진 블라우스를 당겨 떰을 들어 올렸다. 그리고 팔 끝에 떰을 매단 채 다시 하늘로 올라갔다.

조종사는 삶을 살려냈다. 그는 전쟁 이후에, 미라

이와 떰 이후에, 가족들 곁으로 돌아간 자신을 기다리는 삶을 살려냈다.

병사와 전쟁 기계

유모와 그 가족을 죽인 뒤 민간인의 삶으로 돌아간 병사는 발밑 함정에서 순식간에 사람을 죽이는 독뱀들이 나타났을 때 자신이 어떻게 살아남았는지, 소속 대대가 한 마을을 점령한 뒤 기념품으로 가져오려고 뽑은 적의 깃발에 매달린 수류탄이 터졌을 때 어떻게 살아남았는지 열정적이면서도 초연하게 이야기했다. 그는 병력 산개 중에 죽음 코앞까지 갔던, 몇 초만 늦었으면 가루가 되어 흩어졌을 뻔했지만, 마지막 숨이 될 수도 있었을 순간을 늘 간발의 차이로 비켜 간 자의 오만한 자부심을 지녔다. 그는 결혼했고, 자신만만하고 편하게 자식을 키웠다. 아들이 강아지 뒤를 따라 뛰어가다가 머리에 유탄을 맞는 날까지는 그랬다. 그날 이후 그는 하루 열네 시간을 안락의자에 앉아 꼼짝하지 않았다. 아무리 약을 먹어도 온몸이 떨렸다. 잠도 자지 못했다. 엎드려 쓰러진 여자의 시체를 돌려놓을 때 본 광경이 그의 눈까풀 뒤에 새겨져 있었기 때문이다. 눈을 감으면 엄마의 가슴에 매달린 아기의 산산조각 난 머리가 떠올라 공황 상태에 빠졌다. 그 뒤에 죽인 희생자들에 대해서는 아무것도 기억나지 않았다. 첫 두 희생자를 죽은 이들의 바다로 밀어 넣기 위해 M16을 겨누고는 눈을 뜬 채로 방아쇠를 당겼을 뿐이다. 그는 모두를 깊이 묻었고, 아들의 장례를 치르는 날까지 자기 자신도 알코올에 묻었다.

아들의 사진을 넣은 액자가 바닥에 떨어져 유리에 금이 가던 순간에 그는 자신이 로봇이 되어 둑 위에 서 있었던 그날, 머릿속의 기계에 시동이 걸리면서 '킬kill'이라는 한 단어가 쉼 없이 돌아가기 시작한 그때로 되돌아갔다. 그는 새 액자를 사자는 아내의 말을 듣지 않았다. 금 간 액자 옆 안락의자에 앉아 있기 시작한 날부터 매일 알약을 스무 개씩 삼키면서 서서히 자신을 죽였다. 어서 아들을 다시 만나고 싶었고, 살아 있는 여인과 그 아기 앞에서 무릎 꿇고 사죄하고 싶었다. 시간이 거꾸로 흘러 아무 일도 일어나지 않았더라면, 세상의 기원에서 시간이 다시 시작할 수 있었으면.

떰은 그날 스페이드 에이스 카드*를 철모의 띠에

---

*   스페이드 에이스는 전설이나 민담에서 '죽음의 카드'로 여겨졌고, 제2차 세계대전 중에는 군인들이 헬멧 양쪽에 스페이드를 새기기도 했다. 미국-베트남 전쟁에서 병사들은 심리적 교란술의 일종으로 죽음

꽂고 군복 소매를 팔꿈치 위까지 걷어 올리고 바지 밑단을 군화 속에 집어넣은 병사들의 모습을 자세히 설명할 수 있었다. 하지만 그들의 얼굴은 단 한 명도 떠오르지 않았다. 아마도 전쟁 기계들에겐 인간의 얼굴이 없기 때문이리라.

을 상징하는 스페이드 에이스 카드를 가지고 다녔다.

뗌, 조종사 그리고 하늘

뗌의 기억 속에는 단 한 명의 병사만이 인간을 닮았다. 그는 볼이 통통하고 피부가 부드러웠다. 미군 조종사는 뗌의 블라우스를 잡아 등이 하늘을 향하게 들어올렸다. 보이지 않는 그 손이 아찔하리만치 빠르게 뗌을 피 웅덩이로부터, 뗌의 동포들로부터, 뗌의 지난 이야기로부터 떼어냈다. 공중을 나는 동안 뗌은 자신이 살아 있다는 생각을 했고, 아버지 알렉상드르처럼 볼이 볼그스레한 병사 덕분에 곧 하늘에 가 닿으리라는 생각을 했다.

떰과 수녀들

떰은 자기가 언제 땅으로 내려왔는지, 하느님을 충성스럽게 섬기며 뿌리 뽑힌 사람들을 위해 헌신하는 간호 수녀들에게 언제 맡겨졌는지 알지 못했다.

3년 동안 떰은 더는 잃을 게 없는, 그래서 잘 웃는 고아들과 교감하며 수녀들의 울타리 안에서 성장했다.

떰과 나오미 부인

1973년 1월 11일, 수녀들이 떰한테 한 아이를 사이공의 양부모에게 데려다주는 일을 맡겼다. 예정대로라면 이틀밖에 안 걸리는 일이었지만, 비행기가 연착하고 겨울 태풍이 불고 새로운 군사전략까지 시작되면서 일정이 지체되었다. 떰은 아이를 데리고 나오미 부인*이 사이공에 세운 고아원의 마룻바닥에서 웅크리고 잤다. 앞쪽의 문으로, 옆쪽의 창문으로, 가까운 골목으로, 매일 아이들이 들어왔다. 대부분은 어두워진 뒤의 일이었지만, 때로는 사람들의 눈길이 떰으로 흐려진 한낮에도 왔다. 일정이 다시 지체되는 바람에 일주일을 더 기다려야 했다. 떰은 한숨을 쉬거나 눈을 깜빡거릴 틈도 없이 일했다. 작은 반바지들, 세모꼴로 접어서 기저귀로 사용하는 정사각형 천 조각들이 가득 담긴 비눗물 통에 서슴없이 손을 담갔다. 아이들이 누워 자는 거적들의 먼지를 털었고, 유모가 했던 것처럼 가장자리에서 안쪽

---

* Naomi Bronstein: 캐나다의 인도주의 활동가로, 20대이던 1969년 사이공에 고아원을 세우고 전쟁 고아들을 미국에 입양시켰다.

으로 비질을 하며 마룻바닥을 청소했다.

떰은 사이공에서 학교를 다녔기에 사람들로 붐비고 빠르게 움직이는 대도시에 익숙했다. 그래서 나오미 부인은 떰에게 한 호텔에 가서 미국의 기부자들이 보내온 분유 상자를 찾아와달라고 했다. 그 호텔에 가면 CIA 사령부의 문을 지나게 될 것임을, 로비에서 넥타이를 맨 두 남자가 볼이 불그스레한 조종사를 세워놓고 아무 말도 하지 말라고 설득하고 있을 것임을 떰은 알지 못했다.

조종사와 그의 조국

3년 전 조종사가 열린 헬리콥터 문 너머 골짜기를 향해 몸을 기울여 소녀를 끌어 올리기로 한 날, 그는 자신이 전우들에게 발포하거나 전우들의 총을 맞을 수도 있다고 각오했다. 가족이나 다름없던 동료들, 고국의 동포들과 정치 지도자들이 그가 개인적인 가치를 위해 국가에 대한 충성을 저버렸다고 비난했다. 하지만 그가 한 일은 악에 약간의 선을 집어넣고 힘과 순수를 뒤섞는 일이었다. 고발 그리고 뒤이은 논쟁과 언쟁 속에서 조종사는 출구 없는 시끄럽고 어두운 소용돌이에 빠졌다.

CIA가 사용하는 호텔의 로비에서 마침내 은혜의 순간이 왔다. 조종사는 고아원에서 일하는 수녀들의 옷과 같은 모양에 목에만 자수 장식을 한 검소한 회색 원피스 차림의 뗌과 마주쳤다.

조종사와 떰, 사이공에서

조종사와 떰은 서로를 알아보지 못했다. 하지만 두 눈길이 마주쳤다. 떰에게서 너무도 강한 끌림을 느낀 조종사는 같이 얘기 중이던 남자들을 세워두고 떰에게 다가갔다. 그리고 그날 저녁, 이어 이튿날, 또 그 이튿날, 고아원으로 떰을 만나러 갔다.

조종사는 떰을 설득해서 사이공에 남게 했다. 그는 떰을 위해 사이공 도심 벤탄 시장 근처에, 대통령궁과 호텔이 가깝고 전쟁터와 자기가 있는 곳에서 멀리 떨어진 곳에 아파트를 구해주었다. 조종사와 떰은 사흘 낮 사흘 밤 동안 사랑을 했다.

첫날 밤에 조종사는 떰의 머리카락을 풀고 왼쪽 귀를 어루만졌다. 소녀를 구해 헬리콥터 안에 앉힐 때 보았던 반쯤 찢겨 나간 귓불을 닮은 귓불이었다. 조종사는 밤새도록 떰에게 용서를 빌었고, 떰은 밤새도록 그를 사랑했다. 조종사의 눈길이 떰의 눈길 속에 빠져들던 순간 그때까지 그의 마음속에 자리 잡고 있던 갈등, 인간과 군인 사이의 갈등이 사라졌다. 마침내 조종사는 사람들의 광기에 맞서 싸워온 자신이 옳았다는, 남아 있는 순수를 지켜내길 잘했다는 믿음을 얻었다. 사흘째 되던 날 그는 기지로 돌아가야 했다. 다녀올 예정이었다. 떰은 세 시간 동안, 사흘 동안, 세 해 동안 그를 기다렸다. 그 뒤에도 계속 기다렸지만 더는 시간이 가는 것을, 일주일과 한 달과 한 해가 몇 번 지나가는지를 헤아리지 않았다. 그와 함께 보낸 사흘이 영원이었기에, 떰에게는 영원이었기 때문이다.

떰은 사이공에 버섯처럼 자라난 수많은 나이트클럽 중 한 곳에서 쉽게 일자리를 얻었다. 문밖에서 손가락에 열쇠 꾸러미를 낀 누군가가 아래층으로 내려가는 소리, 공기마저 멈춘 듯 고요한 복도, 아파트를 비우라는 반복적인 위협, 이 모든 것에 시달리다가 결국 굶주린 이들에게 자신의 살을 내어주기로 결심한 것이다. 떰은 사랑의 몸짓을 요구하는 병사들 중 누군가에게서 조종사의 목소리를 다시 들을 수 있기를 기대했다. 병사들과 몸을 섞을 때마다 가슴이 찢어질 듯 아파도 계속 기다리기 위해 살아남았다. 하지만 태평양 너머 샌디에이고에서는 조종사의 아내와 딸이 이미 그의 사망 통지서를 받았다. 그 누구도 떰에게는 조종사가 사고로 비행기 바퀴에 깔려 죽었다고 알려주지 않았다. 그날 사랑에 취해 있던 조종사의 심장이 기본적인 신중함을 미처 떠올리지 못한 채 무거운 비행기에 깔렸다. 그는 미라이 이후 처음으로 막 마음껏 숨을 들이쉴 수 있게 되었을 때 죽음을 맞았다.

뗌과 병사들, 사이공에서

죽음이 너무도 순식간에 닥쳐버린 탓에 얼굴에서 미소가 미처 지워지지도 않았다고, 조종사의 동료들이 말했다.

뗌은 아무것도 알지 못했다. 해가 진 뒤에야 바다의 물결 위로 보이는 인광성 해초처럼, 눈에는 보이지 않지만 어둠 속에서 만지면 상처가 느껴지는 병사들이 고독 속에 혼자 남은 뗌에게 다가왔다. 그들의 공포와 번뇌가 뗌의 공포와 번뇌를 달래주었고, 잔뜩 긴장한 그들 몸의 무게가 뗌의 무게를 덜어주었다. 뗌에게, 프랑스어 단어가 섞이고 베트남어 억양이 가미된 뗌의 영어에 반한 병사들도 있었다. 그들은 뗌을 힘껏 껴안으며 평범한 삶을, 오스틴과 시더래피즈와 트렌턴*에서 뗌과 함께할 일상을 꿈꾸었다. 뗌은 코끼리풀이 빽빽한 정글로 떠나는 그들의 뺨에 손을 얹으며 매번 그 꿈이 이루어지길 기원했다. 쇠 이빨과 강철 발톱을 가진 '날

---

* 오스틴은 텍사스주, 시더래피즈는 아이오와주, 트랜턴은 뉴저지주의 도시이다.

아다니는 호랑이들'*이 덮치는 정글에서, 코끼리풀은
마치 면도날처럼 다가오는 사람을 베어버렸다.

---

*   미국의 화물 항공사 '플라잉 타어거 라인'의 비행기들을 말한다. 미
     국-베트남 전쟁 동안 물자 수송과 함께 미군들을 위한 전세기를 운항
     했다.

R & R

병사들에게는 석 달의 복무 뒤에 닷새씩 휴가가 주
어졌다. 그들은 선호도순으로 길게 나열된 목적지들 중
에 선택할 수 있었다. 연인이 있는 병사들은 주로 하와
이를 골라 미국인 연인과 만났다. 전자 제품과 사진기
에 관심이 많은 병사들은 일본과 타이완으로 날아갔다.
집으로 돌아가기 전에 좋은 옷을 사고 싶은 병사들은
홍콩과 싱가포르에 끌렸다. 같은 언어를 쓰고 생김새도
친숙하면서 영웅을 찬미하는 여자들이 많은 오스트레
일리아 역시 인기 있는 곳이었다.

베트남에 남아 붕따우* 해변을 찾거나 현기증 나는
사이공의 소용돌이 속에 빠져드는 병사들도 있었다. 하
지만 어디에 내리든 병사들은 술집에서 그들을 기다리
는 위험들에 대한 주의사항부터 들어야 했다. 상관들
은 병사들이 휴가 내내 그들의 욕망에 대해, 그들을 괴
롭히는 악령에 대해, 그들의 결핍에 대해 잘 아는 노련
한 여자들을 안식처로 삼으리란 걸 알고 있었기 때문

---

*   사이공에서 가까운 해안에 위치한 관광도시.

이다. 하지만 한정된 짧은 시간 동안 그 여자들이 줄 수 있는 위안은 술, 그리고 영화에서나 볼 법한 가짜 사랑의 몸짓들뿐이었다. 병사들은 자신들의 기대에 정확히 응답해준 여자들 덕분에 기운을 되찾아 정글로 돌아갔다. 그러한 R & R, 즉 '휴식과 즐기기rest and recreation'는 점차 '강간하고 도망치기rape and run' 혹은 '강간하고 망치기rape and ruin'로 변해갔다. 그리고 똑같이 사실적인 약어들이 더 생겨났다. '엉덩이와 알코올ass and alcohol'을 뜻하는 A & A, '성교와 중독intercourse and intoxication'을 뜻하는 I & I, '성기와 팝콘pussy and popcorn'을 뜻하는 P & P 같은 것들이다.

기지로 돌아온 병사들에게는 사타구니에 딸려 온 달갑지 않은 기념품을 위한 치료제가 준비되어 있었다. 하지만 그들이 여자들의 몸속에 심은 씨앗을 없애줄 약은 없었다. 동질적인 인종으로 구성된 남베트남 땅에 머리카락 색이 옅거나 혹은 곱슬거리는, 눈이 둥글고 속눈썹이 긴, 피부색이 짙은 혹은 주근깨가 난 아이들이 태어난 것은 그 때문이었다. 그런 아이들에게는 대부분 아버지가 없었고, 보통은 어머니도 없었다.

루이

사내아이 하나가 또 이름 없이 태어났다. 카사바를 팔고 주황색과 파란색과 흰색의 고구마를 파는 여인이 아이가 비를 피할 수 있도록 작은 투명 비닐을 덮어주었다. 그리고 아이에게 '검은 미국(인)'을 뜻하는 '미댄 Mỹ đen'이라는 이름을 지어주었다. 몇십 년 전부터 아침마다 나무에 박힌 녹슨 못에 거울을 거는 이발사는 '혼혈 아이'를 뜻하는 '꼰라이con lai'라 부르기를 더 좋아했고, 가끔은 짧게 '댄'이라고 불렀다. 매일 밤 빗자루에 잔가지를 묶어가며 사람들이 다니는 길을 청소하는 여인은 자기 아이와 함께 피부색이 거의 똑같은 그 아이에게도 젖을 먹여주었다. 하지만 젖을 준 어머니는 이름을 주지는 못했다. 태어날 때부터 말을 못 했기 때문이다. 어쩌면 수시로 벌어지는 마을 수색에서 살아남기 위해 죽은 척하는 동안 말을 잃었는지도 모른다. 아니면 숯처럼 새까맣게 타버린 자신의 어머니와 사촌들의 살빛을 닮은 아이가 태어난 뒤로 말을 잃었을 수도 있다. 아무도 알지 못했다. 아무도 물어보지 않았다. 세상의 이 구석, 길 위의 이 구석에서는 원래 그랬다.

어느 날 오후에 바로 그 길에 있는 바에서 한 여인이 나와 아마도 열아홉 아니면 스무 해를 살아오면서 처음 사랑을 겪는 미국인 병사와 긴 작별의 키스를 하는 동안 문이 열려 있었다. 바에서 흘러나온 음악에 잠긴 거리에서 그 구역의 시클로꾼이 대기하고 있었다. 시클로꾼은 그 바를 들락거리는 병사들을 전부 알지는 못했지만, 저런 번민의 키스가 어떻게 끝나는지는 알고 있었다. 저곳에서 일하는 젊은 여자들을 태워 짧은 사랑의 흔적을 지울 줄 아는 나이 든 여자의 집에 데려다준 적도 있었다. 젊은 여자들이 플로어와 바를 조용히 떠났다가 아이를 낳고 돌아오기도 했다.

다 익은 열매가 나무에서 떨어지고 새싹이 땅에서 돋아나듯이 타마린드 나무 아래 나타난 아이가 루이만은 아니었다. 그래서 아무도 놀라지 않았다. 누군가는 종이 박스를, 누군가는 쌀을 넣고 끓인 물을, 또 누군가는 옷을 가져다주었다. 거리의 아이들은 자기보다 어린 아이들이 눈에 띄면 그냥 돌보았고, 그런 식으로 언제든 만나고 헤어질 수 있는 가족이 생겨났다.

아이들은 특성이 제대로 드러날 즈음에 제대로 이름을 얻었다. 때로는 꼰꾸애con què(다리가 불구인 여자아

73

이) 혹은 탕태오thằng thẹo(흉터 있는 사내아이) 같은 별명으로 불리기도 했다. 루이라는 이름은 사람들이 정오의 낮잠에서 깨어날 때 바의 문틈으로 새어 나오던 루이 암스트롱의 목소리 때문이었다.

시클로꾼은 암스트롱의 검은 피부색과 루이의 피부를 연결 짓는 루이라는 이름을 번개처럼 떠올리고 뿌듯해했다. 아마도 그는 루이가 엉덩이에 뜨거운 시멘트가 닿을 때 '하얀 구름clouds of white'의 감미로움을 상상하길, 모기들이 머리 위에서 시끄럽게 왱왱거릴 때, 거리를 치우는 비질에 쓰레기와 함께 쓸려갈 때, 뜨거운 국수를 살짝 식히느라 시끄럽게 후후 부는 입김 소리에 침이 고일 때 '무지개 색깔 the colors of the rainbow'을 떠올리길 바랐을 것이다. 「원더풀 월드Wonderful World」의 리듬에 맞춰서.

루이의 어머니들

예닐곱 살 무렵에 이미 루이는 창문의 쇠창살 사이로 긴 갈고리를 넣어 생선 튀김과 반지와 지갑을 꺼내는 기술을 익혔다. 그의 손이 행인들의 주머니를 스칠 때면 지폐들도 날갯짓하듯 순식간에 날아올랐다. 루이는 처음부터 사람들의 '띰댄tim đen', 즉 흑심을, 다시 말해 도사린 욕망과 약점을 단번에 간파해냈다. 젖을 먹여준 어머니가 자기를 살린 것은 나중에 직업적인 거지들에게 빌려주기 위해서였음을 루이는 알았다. 누더기를 입고 구걸하는 여자가 팔다리 살이 몰랑몰랑한 아기를 데리고 있으면 모성의 고귀함이 부여되고, 영양실조에 걸린 갓난아기의 멍한 눈길과 얼빠진 얼굴, 먼지투성이 볼은 보는 사람들에게 정의의 수호자가 되라고 유혹하기 때문이다.

루이는 하루 동안 어머니가 되었던 여인들의 냄새를 구별할 줄 알았다. 동네 쓰레기 수하장을 뒤지는 어머니에게서는 끓어오르는 삶의 냄새와 모든 비밀들의 냄새가 났다. 복권 파는 어머니에게서는 축축한 흙냄새가, 물장수 어머니에게서는 신선한 냄새가 났다. 걸어

다닐 수 있는 나이가 된 루이는 휴대용 녹음기로 전통 음악극의 일부를 틀어놓고 노래하는 맹인 가수를 따라다녔다. 루이는 확성기의 탁탁거리는 소리가 커질수록 사람들이 플라스틱 양동이에 돈을 넣는 속도도 빨라진다는 사실을 금방 알아챘다.

어머니들은 루이에게 거리의 노점 식당 주변을 돌아다니다가 주인한테 쫓겨나기 전에 그릇에 남은 음식을 차지하는 법을 가르쳤다. 어떤 손님은 일부러 국물 바닥에 고기 조각을 남겼고, 별생각 없이 그러는 손님도 있었다. 하지만 뼈와 골수를 루이에게 주기 뭐해서 바닥에 던져 떠돌이 개가 먹게 하는 손님들도 있었다. 또 어떤 손님은 걸인들이 굶주린 눈으로 쳐다보는 앞에서 남은 국물에 종이 냅킨을 집어넣기도 했다. 대부분 음식이 빨리 안 나온다고, 통킹 수프*에 계피가 빠졌다고, 팔각향 냄새가 너무 많이 난다고 불평한 사람들이었다.

손님들이 남기는 음식을 엿보고 찾아다니는 동안 루이는 그 주인의 성격을 읽는 법까지 익혔다. 자신의

---

* 북부 하노이 지역에서 즐겨 먹는 고기 국물이 들어간 국수. 통킹은 프랑스령 인도차이나 시절 하노이를 중심으로 한 베트남 북부 보호령을 지칭하는 이름이었다.

혀가 믿음을 저버린 배우자에게 불같이 뜨거운 말을 뱉어낼 수 있도록 매운 고추로 미뢰를 달구는 사람을 알아볼 수 있었고, 얼굴 양옆에 땀방울이 맺힌 사람을 보면 국이 뜨거워서 그러는지 신경이 곤두섰기 때문인지 구별할 수 있었다. 또한 루이는 손가락으로 테이블을 두드리는 것이 메시지를 보내는 행위임을 알아챘다. 그럴 때는 암호화된 대화에서 멀리 떨어져 있는 편이 나았다. 분쟁 지역에서는 일단 철들 나이에 이르면 몰랐다는 변명이 더 이상 통하지 않는다. 일곱 살이면 선과 악을, 정의와 꿈을, 행위와 의도를 구분한다. 일곱 살이면 군인들로 발 디딜 틈 없는 테라스에서 피가 묻어 있는 군화를 닦을 수 있고, 어른들이 시키는 대로 그 테라스에 수류탄을 던질 수도 있다. 보통 일곱 살이면, 어차피 루이의 인성 발달 과정과는 상관없는 얘기지만, 오이디푸스기*를 벗어난다. 물론 루이의 나이는 동네 걸인들의 단편적인 기억에 따라 달라졌다.

---

* 프로이트의 정신분석에서 5세 전후의 남자아이가 자신을 아버지와 동일시하고 세상의 규칙을 받아들임으로써 정체성을 형성하는 시기를 말한다.

루이와 떰

떰의 발코니 아래로 담배 장수들, 떠돌이 개들, 어른이 되어버린 아이들이 돌아다녔다. 루이는 그 아이들 중 하나였다. 떰이 이곳에 집을 얻었을 때, 여덟 살의 루이는 이미 낮에는 발아래 밤에는 등 아래 놓이는 아스팔트의 온도를 알 정도로 거리 생활에 이골이 나 있었다. 루이는 화염목 그늘에서 장기('장군들의 경기'라는 뜻이다)를 두며 주인을 기다리는 관용차 운전사들과 친해졌다. 길에서는 사람들에게 우체국 가는 방향을, '레스토랑' 광고판들 뒤에 숨어 있는 나이트클럽의 위치를 알려주었다. 루이는 다리가 잘려 바퀴 달린 판 위에 엎드린 채 구걸하는 거지와 함께 온종일 거리를 돌아다녔다. 루이가 앞장서서 길을 열어줄 때 사람들은 셋으로 나뉘었다. 죄책감을 느끼거나, 연민에 빠지거나, 무정하거나. 루이는 자신이 동작을 멈추고 사람들이 주머니에서 돈을 꺼내길 기다려야 하는 순간도 잘 알았다. 때로는 직접 그 주머니에 손을 집어넣기도 했다. 루이는 성姓을 갖지 못해도 누군가의 조카였고 누군가의 사촌이었다.

밤이 되면 루이는 고아의 처지로 돌아왔다. 좀더 정확히 말하자면 수풀 뒤에서 혹은 광장의 벤치 밑에서 잠을 자는 흑인 고아, 열린 하늘의 어둠 속 별들 아래로 사라지는 고아였다.

루이와 패멀라

루이가 헝겊과 구두약이 든 상자를 들고 구두 닦으라며 사람들을 따라다닐 만큼 자랐을 때, 한 미국 여자가 그의 가족이 되었다. 팬 암 항공사에 고용된 베트남인 직원들에게 영어를 가르치는 패멀라였다. 패멀라는 공원 벤치에 앉아 주변을 돌아다니는 아이들의 모습을 그렸고, 그 아이들에게 자신이 어릴 때 불렀던 노래들을 가르쳐주었다. 패멀라의 눈에 루이와 그의 거리의 친구들은 그릴 게 많은 개성 강한 인물들, 숨겨진 천재들이었다. 아이들은 몇 번 따라 읽고 나면 곧바로 알파벳을 합창했다.

루이는 패멀라가 준 공책으로 글자 쓰기를 익혔고, 흙먼지 위에 글자들을 써보았다. 땡볕이 내리쬐는 더운 날에는 땀을 잉크 삼아 손가락 끝에 찍어 공원 벤치의 돌에 쓰기도 했다.

아이들은 패멀라의 주위를 맴돌았다. 아이들의 천진한 웃음에는 거리의 단어들, 화가 치밀어 오른 사람들이 아무 데나 아무렇게나 내뱉는 단어들이 섞여 있었다. 베트남어와 달리 선명한 성조의 변화가 없는 언어를 쓰는 패멀라가 아이들이 말하는 이상한 소리를 따라 하면 날카로운 억양이 부드러워지고 무거운 소리가 가벼워졌다. 그렇게 아이들과 패멀라 사이에 새로운 언어가 만들어졌다. '오께이 드억OK được!' '고 디Go đi!' '마빠맬라Má Pamela'처럼 동어반복이 가득한 언어였다. '마Má'는 '엄마'란 뜻이었다. 제일 어린 꼬마들은 패멀라를 '마맬라Má-mela'라고 불렀다.

패멀라는 자신이 조만간 공부를 계속하러 솔트레이크시티로 떠나야 한다고 아이들에게 여러 번 말했다. 아이들은 귀 기울여 들어주며 심지어 위로도 했다. 아이들은 패멀라가 피시 소스 대신에 소금을 먹는 도시로 돌아가는 것이, 자기들을 떠나는 것이 당연한 일이라고 생각했다. 세상 그 어떤 것도 영원할 수는 없지 않은가.

루이와 앰 홍

패멀라가 떠난 다음 날, 루이가 잠들어 있던 공원 벤치 밑에 아기 하나가 버려졌다. 새벽에 한 어머니가 빨리 커피를 배달하라고 발로 차 깨웠을 때 잠에서 깨어난 루이는 아기를 보았다. 배달을 마치고 왔는데도 아기가 그대로 있었다. 루이는 곧바로 쌀국수 상자를 훔쳐서 국수를 모두 꺼낸 뒤 눈을 감고 있는 옅은 머리카락의 아기를 안에 눕혔다. 루이는 원래 임시 가족을 만드는 로빈 후드 역할을 즐겼다. 키가 크기도 했고, 언젠가 패멀라가 '슈퍼히어로'라는 단어를 설명하기 위해 그의 어깨에 둘러준 망토도 한몫했을 것이다. 가진 것이라고는 메고 다니는 옷가지밖에 없는 사람들은 서로 기대야 했고, 실제로 기댈 수 있었다. 면도날로 핸드백 바닥을 갈라 지갑을 꺼내는 이를 위해 '피와 살을 나눈' 형제들은 목표물이 된 사람 주변에서 마구 소동을 벌였다. 달러를 베트남 동dồng으로 바꿔주는 여자는 고객의 바지와 셔츠를 당길 채비가 된 손들이 옆에 있음을 알았기에 지폐 한 장을 두 번씩 셀 수 있었다. 새로 루이의 엄마가 된, 세일럼과 러키스트라이크와 윈스턴 같은 밀수 담배를 파는 여자가 루이가 데려온 아기에게 젖을 나눠 주기로 한 것 역시 그래서였다.

얼마 뒤부터는 루이가 직접 남은 국물을 들고 와 아기에게 먹였고, 시장에서 자동차와 스쿠터 사이를 돌아다니며 구해 온 연유를 캔에 든 채로 먹였다. 때로는 중고 박스를 파는 여자에게서 집과 방과 침대로 쓸 새 상자를 얻었다. 유리 진열장 속 금박 구두에 넋이 나간 엄마 옆에 서 있는 딸의 손에서 연분홍과 노란색의 딸랑이 장난감을 훔치기도 했다.

루이는 무명 띠로 아기를 등에 업고 다녔다. 원래 거리의 임시 가족들은 그렇게 동생들을 데리고 다녔다. 밤에는 쥐들이 아기의 작은 발가락을 탐하지 못하도록 종이 상자의 뚜껑을 닫아주었다. 루이는 먼지 아래 연한 장밋빛 볼을 가진 아기에게 '홍'*이라는 이름을 지어주며 뿌듯해했다. 루이와 홍의 피부색이 대조적이라 행인들의 눈길을 끌었지만, 상황과 감정에 따라 그때그때 가족이 형성되는 거리에서는 모두가 있을 법하지 않은 일들에도 이미 익숙해 있었기에 놀라지 않았다. 거리의

---

*   Hồng: 베트남어로 '장미', '장밋빛'을 뜻한다.

사람들은 누군가 넘어지면 일으켜주기 위해 손을 내밀었고, 넘어진 사람은 그 손을 잡으면서 상대를 가족으로 받아들였다. 그렇게 물이 나오는 곳을, 골목의 구석을, 담 밑 자리를 함께 나누면서 서로에게 이모가 되고 조카가 되고 사촌이 되었다.

루이는 몇 달 동안 앰 홍과 살을 부대끼며 살았다. 그런데 어느 날, 나오미가 자신이 운영하는 고아원으로 가던 길에 아기 울음소리를 들었다.

나오미

나오미의 한 손은 사이공에 고아들을 위한 센터를 세웠다. 그리고 다른 손은 그 아이들의 부모가 되어줄 사람들을 모았다. 나오미는 다섯 아이를 낳았고, 700명이 넘는 아이를 품었다.

그리고 혼자 세상을 떠났다. 고아로 세상을 떠났다.

나오미와 앰 홍

　나오미는 홍을 상자에서 꺼냈다. 루이는 두 팔과 다리로 상자를 감싼 채 홍 옆에 잠들어 있었다. 나오미는 두 아이 모두 고아원으로 데려가고 싶었지만, 루이는 도망쳤다. 아이는 마치 도둑질을 하다 들켰을 때처럼 반사적으로 어둠 속으로 달려갔다. 한참 동안 달렸다. 그리고 더 한참 동안 울었다. 하지만 어김없이 이튿날 새벽이 돌아왔고, 다시 또 이튿날이 왔다. 그렇게 앰 홍이 없는 날들이 이어졌다.

승려

거리에서 시위가 이어졌다. 루이와 친구들에게는 유익한 돈벌이 기회였다. 그들의 손은 시위대의 주머니를 마음껏 들락거렸고, 그들의 발은 군중 틈에서 흔적을 남기지 않고 사라졌다. 통금에 눌리고 분노로 달아오른 거리는 뜨거웠다. 질서유지의 임무를 맡은 이들은 곤봉과 경기관총을 든 손을 길게 뻗으며 자신들의 힘과 우월한 권위를 과시했다. 하지만 다른 한편으로는 시위대의 용기에, 맨손으로 무기에 맞서 싸우겠다는, 만장일치에 가까운 지지를 받으며 선출된 정부를 무너뜨리고 새로운 지평선으로 걸어가겠다는 그들의 결의에 감탄하지 않을 수 없었다. 경찰들과 군인들은 기름 부은 옷에 성냥불이 붙고 온몸이 다 탈 때까지도 가부좌를 흐트러뜨리지 않는 승려 앞에서 엎드리지 않기 위해 참아야 했다.* 그날 낮잠을 자지 않은 몇 안 되는 사진기

---

*   가톨릭 신자이던 응오딘지엠 대통령이 이끄는 정부의 반불교 정책과 미국-베트남 전쟁에 항의해 1963년 6월 11일 사이공 시내에서 틱꽝득이라는 승려가 분신자살을 했다. 미국인 기자 맬컴 브라운Malcolm Browne이 그 광경을 사진으로 찍어 퓰리처상을 받았다.

자 중 한 명이 인간 횃불이 된 승려의 모습을 사진으로 남겼다. 승려의 결의에 대한 존경심이 퍼져나갔지만, 한편 그날의 소신공양은 불교를 둘러싼, 불교를 정치라는 불순물로부터 지켜내고자 하는 욕망을 두고 격렬한 논쟁을 불러왔다.

마담 뉴

마담 뉴*는 남베트남 대통령 동생의 아내로 나라 전체에서 가장 큰 권력을 쥔 여인이었다. 그런 마담 뉴가 '바비큐'라는 표현까지 사용하여 소신공양을 비난하며 미디어를 동원해 정치적인 공격을 쏟아부었다. 목과 어깨를 살짝 드러낸 신식 아오자이를 입은 곧고 우아한 자태의 마담 뉴는 승려가 사람들이 보는 앞에서 자살할 때 수입 석유를 사용했으니 자립정신이 부족하다고 비난했다.

루이가 개에 물리거나 유리 조각에 베인 날, 혹은 누군가 내뱉은 말에 상처를 입고 도망쳐 온 날이면 노트르담 성당의 관리인은 성당 의자 밑 차가운 타일 바닥을 내어주었다. 어느 날 그렇게 잠들었던 루이는 제단으로 다가오는 마담 뉴의 구두 굽 소리에 깨어났다. 마담 뉴와 그의 딸이 남자들에게 둘러싸여 있었다. 얼

---

* Madame Nhu: 남베트남의 정보부 장관이던 응오딘뉴의 아내 쩐레쑤언의 별명이다. 시숙인 응오딘지엠이 미혼 상태로 대통령이 되자 퍼스트레이디 역할을 수행했고, 극단적인 반공주의에 기반한 강경한 태도 때문에 '드래건 레이디'라고도 불렸다.

굴 일부를 가린 고운 사각형 레이스 너머 마담 뉴의 눈빛이 매서웠다. 불교도들에 대한 지지도가 급등하는 상황에서 정부가 취할 대처 방안을 지시하는 마담 뉴의 말을 루이는 하나도 알아듣지 못했다. 하지만 인형 같은 얼굴에 체구가 가녀린 여인의 손톱이 용의 발톱, 정글의 지배자의 발톱임을 본능적으로 알아차렸다. 그 순간 루이는 빛이 들어오는 쪽으로 뻗고 있던 다리를 반사적으로 끌어당기며 몸을 옹크렸다. 물론 마담 뉴가 2만 5천 명 규모의 여성 무장 단체를 조직했고, 카메라들이 지켜보는 사격 훈련장에서 망설임 없이 권총을 집어 팔을 뻗는다는 사실은 알지 못했다.

베이비리프트 작전

북베트남 공산군의 탱크들이 새로운 깃발을 흔들며 사이공 거리를 누비기 한 달 전, 미국 대사관의 옥상에서 마지막 헬리콥터가 이륙하기 한 달 전, 한쪽이 승리하고 다른 한쪽이 패배하기 한 달 전, 제럴드 포드 대통령은 미국 병사들에게서 태어난 베트남 고아들을 데려오기 위해 2백만 달러의 예산을 승인했다. 베이비리프트Babylift 작전이었다.

처음 동원된 비행기는 평소 지프차, 포탄, 기관총 그리고 관을 운반하던 C-5 수송기였다. 최종 목적지인 미국에 앞서 경유지인 괌까지 가는 단거리 비행을 위해, 하부 화물 전용칸과 상부 수송칸 모두에 아기들을 태웠다. 상자 속에 넣거나 맨바닥에 그대로 눕히고 흔들리지 않도록 고정했다. 더 큰 아이들은 수송칸 양쪽 벽에 붙은 의자에 때로 두 명씩 앉혔고, 자리가 다 찬 뒤에는 그 아래 앉혔다. 당시의 사진들을 보면 자원봉사자들과 군인들이 아무 물건이나 손에 쥐고서 아이들을 달래고 있다. 전쟁이 낳은 무고한 생명들을 보여주는 사진들이다. 벽 쪽에 앉은 제법 큰 아이들은 낯선 사람들 속에서 울기도 했지만, 대부분의 아이들은 어른들이 나란히 서서 앞사람으로부터 건네받은 아기를 다음 사람에게 넘겨주는 광경을 바라보고 있었다. 아주 어린 아이들은 장갑을 두른 전쟁 기계의 배 안에서 주먹을 꽉 쥐고 잠들어 있었다.

데려온 고아들을 모두 태운 뒤 나오미는 비행기에서 내렸다. 날아오른 비행기가 폭발하던 순간에는 공항 계류장에 서 있었다. 오랫동안 많은 사람들이 비행기가 적의 공격을 받았다고 믿었다. 하지만 기계적 결함 때문에 비행기의 문과 꼬리가 떨어져 나간 것이 폭발의 원인이었다. 그렇게 78명의 아이들과 46명의 군인들이 연기가 되어 사라졌다. 조종사는 마지막 순간, 불길에 휩싸인 채 뒤집힌 비행기를 논에 착륙시키는 데 성공했다. 타고 있던 314명 가운데 176명이 살아남았다.

구조대로 투입된 한 군인이 진흙 속에서 아무런 상처도 긁힌 자국도 보이지 않는 아기를 찾아냈다. 그는 아기가 살아 있다고 믿었다. 40년이 지난 지금도 아기를 들어 올리던 순간을 잊을 수 없다. 살갗에 상처 하나 없이 잠든 모습이었는데, 아기의 손가락을 만지는 순간 마치 구슬이 가득 들어 있는 주머니를 잡는 느낌이었

다. 그 모순이 머릿속에 폭발을 일으켰고, 그의 심장을
아기의 뼈처럼 산산조각 냈다.

이튿날 나오미는 같은 계류장에서 새로 데려온 고
아들과 전날 살아남은 176명을 데리고 다른 비행기에
올랐다.

불에 타거나 기내 압력 저하로 질식한 고아들의 재
는 타일랜드에 묻혔다. 그 아이들의 생명은 알지 못하
는 낯선 나라에서 끝났다. 살아 있을 때 그들을 부르던
표현 그대로 '부이 더이 bụi đời (삶의 먼지)'였다.

나오미와 고아들

포드 대통령이 베이비리프트 작전을 승인했다는 소식을 들은 나오미는 태어난 지 닷새 된 아기를 몬트리올 집에 남겨두고 돌아왔다. 사이공에서 자신이 세운 고아원의 아이들을 구출하는 일이 기다리고 있었다.

나오미는 10여 명의 아이들을 공항으로 데려갈 쌔람*을 빌렸다. 쌔람은 뒤쪽에 덮개 없는 승객칸이 달린 삼륜차였다. 평소에는 제조사 람브레타에서 정한 정원의 두 배, 즉 열두 명이 탔다. 쌔람은 대중교통 수단이라 길에서 사람들이 손짓을 하면 멈춰 섰고, 올라온 승객들이 가장자리를 붙잡거나 누군가의 무릎에 앉고 나면 다시 출발했다. 나오미가 공항으로 가는 동안 사람들이 쌔람에 타기 위해 서로 밀치면서 손을 흔들었다. 그들은 양옆의 긴 의자에 앉은 나오미의 아이들을 안고 그 자리를 차지하려 했다. 나오미가 소리를 질렀지만 막무가내였다. 저마다 운전사에게 돈을 건네며 목적지를 말했고, 결국 나오미와 아이들은 공항에 늦게 도착했다.

---

* xe lam: 택시처럼 대중교통으로 사용되는 삼륜차.

쌔람 운전사가 나오미를 도와 아이들을 비행기가 있는 곳까지 데려갔다. 운전사는 상자 밖으로 삐져나온 아기의 발을 다시 안으로 넣어주었고, 그의 낡은 셔츠를 찢어질 정도로 세게 잡아당기는 여자아이를 달래주었다.

나오미는 아이들을 데리고 베이비리프트 작전의 첫 비행기로 함께 떠날 예정이었다. 미국에 도착하면 포드 대통령이 직접 나와 기자들 앞에서 맞이하기로 되어 있었다. 비행기가 착륙할 때뿐 아니라 이륙할 때도 촬영 카메라, 사진기, 눈부신 플래시가 함께했다. 나오미는 아이들을 태운 뒤 벽쪽 의자나 바닥에 앉히고 상자 안에 눕히거나 그대로 눕혀 안전하게 잡아매느라 분주했다. 그러다가 한 자원봉사자에게서 이튿날 비행기 한 대가 더 떠난다는 소식을 들었다. 나오미는 다음 비행기로 아이들을 더 보내기 위해 C-5 수송기에서 내렸다.

그리고 자신을 도와준 운전사와 함께 계류장에 선 채로 비행기가 폭발하는, 불덩이가 되어 활주로 끝의 논 위로 떨어지는 광경을 지켜보았다.

운명에 맞서 싸우고자 세 개의 대륙과 대양을, 그리고 열두 시간 차의 시간대를 지나온 여인의 눈 속에

불꽃이 일던 순간을 한 사진기자가 포착했다. 나오미는 하느님이 되고자 한 어머니였고, 불길에 휩싸인 집에서 아이를 구하기 위해 발코니 밑으로 던지는 어머니처럼 고아들을 미래로 내던지려 했다. 하지만 거대한 독수리 날개에 태워 보내려던 아이들은 산 채로 불에 타버렸다. 나오미는 아이들을 이 땅의 지옥에서 구하고 있다고 생각했지만, 하늘에도 지옥이 있으리라는 생각은 미처 하지 못한 것이다. 만일 베트남어를 할 줄 알았다면 나오미는 '하늘'이 지고의 힘을 가진 존재임을, 삶과 죽음을 결정하고 또한 삶을 존중하는 법을 알지 못하는 이들이 죗값으로 치러야 할 형벌을 결정하는 존재임을 알았을 것이다.

옹쩌이

하느님 혹은 옹쩌이*는 잘못을 저지른 인간에게 열여덟 가지 벌을 내린다. 쌀을 낭비한 인간은 그릇에 남은 밥알의 수만큼 벌레를 먹어야 한다. 다른 이의 아내를 빼앗고 어린아이를 속이고 선량한 사람들을 괴롭힌 인간은 기름이 끓는 거대한 웅덩이에 들어가야 한다. 정직하지 못한 방법으로 지상의 형벌을 피한 인간은 거울 속 자기 모습을 바라보며 서 있어야 한다. 지옥에는 이렇게 벌이 분명하게 정해져 있다. 그런데 지상의 옹쩌이는 분명하게 정해진 계획 없이 그때그때 다르게 벌을 내린다. 왜 벌을 받는지도 중요하지 않다. 열여덟 살의 젊은 병사가 어린 벼와 불에 탄 비행기의 잔해 틈에서 진흙으로 덮인 시신들을 찾으라는 명령을 받은 것에 무슨 이유가 있겠는가. 그리고 그 시신 중에 완벽한 상태로 멀쩡해 보이는 아기의 몸이 있었다. 병사는 그때까지 단 한 번도 아기를 안아본 적이 없었다. 그가 보기

---

*   Ông Trời: 베트남 신화에 등장하는 하느님을 말한다. '옹'은 '노인'을, '쩌이'는 '하늘'을 뜻한다.

에 상처 하나 없는, 긁힌 흔적조차 없는 아기는 결코 죽음의 얼굴이 아니었다. 어쩌면 아기가 살았기를 바라는 마음이 너무 간절했기에 아기의 몸에 닿은 손이 조각난 뼈들을 느끼기 전까지 아무것도 보지 못했는지도 모른다. 30년, 40년이 지난 뒤에도 병사는 불쑥불쑥 아기의 여린 몸을 안아 올리던 때의 감각을 떠올렸다. 두 살짜리 손자에게 다람쥐 굴을 보여줄 때, 마트의 시리얼 진열대 앞에서 핸드폰을 귀에 댄 여자가 "마이 갓, 쩌이 어이!"*라고 말할 때 그랬다.

나오미는 아이 78명의 죽음을 슬퍼할 시간이 없었다. 살아 있는 다른 아이들에게 생명의 기회를 주어야 했기 때문이다.

결국 3천 명이 넘는 아이들이 새로운 나라로 떠나서 새 부모를 만났다. 비행기 안에서 아이들에게 우유를 먹여준 군인과 자원봉사자들이 제일 처음 내린 아이들을 샌프란시스코 착륙장에서 기다리던 양부모들에게 넘겨주었다.

기자들 앞에서 자원봉사자들과 군인들, 부모들과

---

*   trời ơi: 베트남어로 'My God!'에 해당하는 표현이다.

아기들에 둘러싸인 포드 대통령은 품에 안은 한 아기를 달래며 관대한 미소를 지어 보였다. 그는 아무도 신경 쓰지 않던 아이들의 지친 눈길이 베트남에서의 최종 철군을 앞둔 미국의 마지막 영광의 이미지를 만드는 데 기여하고 있음을 잘 알았다. 그게 바로 '삶의 먼지들'을 맞이하기 위한 레드 카펫의 이유였다.

버니 걸

　베이비리프트 작전 때『플레이보이』지의 창립자 휴 헤프너는 캘리포니아의 입양 신청국에서부터 양부모가 기다리는 매디슨, 뉴욕, 시카고 등지로 고아들을 데려다주는 일을 돕기 위해 자신의 전용기와 '버니 걸'들을 내어주었다. 버니 걸들은 남자들의 무릎을 흐물거리게 만들던 매력으로 아이들을 달랬다.

애너벨, 에마제이드, 하워드

우연을 붙잡고 태어난 앰 홍은 이번에는 애너벨을, 그 목과 향기를 붙잡았다. 에마제이드는 서던 벨*을 떠올리게 하는 이름이었다. 앰 홍은 그 이름을 『플레이보이』의 여자들과 함께 있던 휴 헤프너의 전용기 안에서 얻었다.

애너벨과 하워드는 에마제이드를 서배너†에서 키우기로 했다. 아이가 자신들이 만들어줄 과거 외에 그 어떤 과거도 갖지 않기를 바란 것 같다.

하워드는 완벽하게 손질된 머리와 신뢰를 주는 목소리를 지닌 존경받는 정치가였고, 애너벨은 주름 자국 하나 없는 드레스 차림으로 사람들 앞에 나서며 그의 배우자 역할을 해냈다. 어떤 날이든 몇 시든 하워드는 자신의 집이 흠잡을 데 없이 정돈되어 있으며 당장 사진을 찍고 회합이나 연회를 열 수 있는 상태임을 예상

---

* '남부의'를 뜻하는 영어 'southern'과 '아름다운 여인'을 뜻하는 프랑스어 'belle'이 합쳐진 표현으로, 남북전쟁 이전 미국에서 대농장을 경영하던 부유층의 미녀를 지칭했다.

† 미국 동남부 조지아주의 도시.

할 수 있었고, 애너벨이 완벽한 표정으로 옆에 있어주기를 기대할 수 있었다. 그 대가로 애너벨은 프랫 부인으로 살아갈 수 있었다. 하워드는 텔레비전과 라디오에서 "제 아내와 저"라는 말을 자주 사용했다.

부부의 친구 중 누군가는 에마제이드의 턱과 눈빛이 아버지 하워드를 닮았다고 했고, 또 누군가는 에마제이드가 애너벨의 모습 그대로라고 했다.

에마제이드가 애너벨을 닮은 것은 당연한 일이었다. 에마제이드는 애너벨의 미용사에게 머리 손질을 받았다. 애너벨이 입은 옷을 어린이용으로 만든, 귀한 공주님 드레스를 입었다. 앉을 때도 애너벨처럼 무릎을 가볍게 붙이고 두 다리를 왼쪽으로 살짝 기울였다. 애너벨을 따라 치어리더 활동을 하고 배구와 농구를 하고 피아노를 쳤다. 애너벨은 에마제이드에게 몸과 영혼을 다 바쳤다. 에마제이드는 애너벨이 고마워서, 어쩌면 그보다는 생존 본능으로, 애너벨의 모습 그대로이기를 받아들였다.

그렇게 스무 해를 같이 사는 동안 아무런 소란도 논쟁도 없었다. 그들의 일상은 아무 사건 없이, 기억에 남는 일조차 거의 없이 이어졌다. 하루가, 한 달이, 한 해가, 시계의 분침이 움직이듯 차곡차곡 쌓이고 반복되는 동안 의혹의 그림자 한 번 없었다. 아무도 알아채지 못했지만, 애너벨이 하워드의 정치적 야심을 지지해주기로 약속하는 대가로 하워드는 자기 아내를 돈 많고 영향력 있는 부모로부터 지켜주기로 약속했다. 딸에게 결혼 때까지 처녀성을 지키겠다는 맹세를 요구한, 가장 가까운 친구이자 사랑이었던 소피아에게 더이상 애정을 쏟지 않음으로써 가족의 체면에 금이 가는 일을 하지 않겠다고 신 앞에 맹세하게 만든 부모였다.

애너벨과 모니크

 해마다 서배너 역사박물관의 넓은 정원에서 열리는 애플파이 대회 날, 애너벨은 4분의 1로 자른 포동포동한 사과 조각들이 늘어선 모습 때문에 심사 위원들에게서 '누드'라는, 심지어 정숙하지 못하다는 평가를 받은 모니크의 타르트 타탱*에 반해버렸다. 그날 이후 애너벨과 모니크는 함께 요리를 했고, 덕분에 에마제이드는 니스 샐러드, 카술레, 샹티 크림 딸기, 랑그 드 샤† 같은 음식을 맛보며 프랑스어 단어들을 처음 접했다.

 애너벨은 모니크와 함께 있을 때면 다른 사람이 되었다. 애너벨과 모니크의 얼굴과 부엌 바닥에 밀가루가 멋대로 흩뿌려질 때 두 여자의 웃음이 부엌을 가로질러 퍼져나갔다. 모니크는 영어를 틀리는 걸 두려워하지 않고 수많은 이야기를 했다. 쉬지 않고 몸을 움직이며 혀

---

*   설탕과 버터를 넣고 사과를 올려 굽는 프랑스식 애플파이.
†   니스 샐러드는 삶은 달걀과 참치를 넣은 프랑스 니스 지방의 샐러드
    이고, 카술레는 돼지고기에 흰콩, 토마토, 양파 등을 넣고 만드는 프랑
    스의 스튜 요리이다. 샹티 크림 딸기는 딸기에 거품 낸 생크림을 얹은
    디저트, 랑그 드 샤(고양이의 혀)는 납작하고 긴 비스킷의 일종이다.

끝에 느껴지는 신선한 노르망디 버터의 맛을 표현했고, 거구인 자신의 아버지가 얼마나 큰지, 자기 첫 남자 친구의 걸음걸이가 어땠는지 흉내 냈다. 모니크가 입 맞추며 인사하려고 에마제이드의 얼굴에 두 손을 가져다 대면 반지들이 소리를 내며 작은 도자기 인형들을 춤추게 하고, 허리가 꼭 끼는 풀 먹인 드레스 차림의 애너벨까지 춤추게 했다. 모니크와 함께 지내는 동안 애너벨은 행복했다. 숭고했다.

그런데 모니크가 몬트리올에서 일하게 된 남편 로랑을 따라 서배너를 떠나게 되었다. 몬트리올은 에마제이드가 교환학생으로 가기 위해 골라놓은 도시였다. 그곳의 친구들에게서 에마제이드는 사막 모래의 노래에 대해, 샤크티 여신*에 대해, 북극 오로라에 대해 들었다. 그리고 그곳에서 에마제이드는 더 이상 미용실에 가서 머리칼을 브리지트 바르도의 천진난만한 금발, 잉그리드 버그먼의 은은한 금발, 그레이스 켈리의 차가운 금발로 바꾸지 않았다. 그렇게 타고난 갈색 머리의 평범함과 익명성을 되찾자 서서히 본얼굴이, 살짝 아몬드

---

* 힌두교에서 우주에 흐르는 힘을 상징하는 여신.

를 닮은 눈과 황금빛 안색이 드러났다. 처음 만나는 사람들은 에마제이드가 브라질 혹은 리비아 혹은 시베리아 출신이라고 생각했다. 갑자기 정체가 분명하지 않은, 먼 어디에선가 온 여자가 된 것이다.

몬트리올 생활을 마친 에마제이드는 서배너로 돌아가지 않았다. 하워드 역시 워싱턴에 정착했다. 에마제이드는 이 일 저 일 가리지 않고 다 하면서 유럽의 여러 대학을 돌아다녔고, 그러다가 윌리엄의 제안을 받았다.

윌리엄

윌리엄은 고객들에게 환상과 사랑과 놀이로 규칙
이 정해지는 가상공간을 제공했다. 가입자들의 은밀한
욕망과 충동이 커질수록 윌리엄의 재산도 늘어났다. 윌
리엄이 만든 가상공간에 들어온 사람들은 겨드랑이 털
이 길게 자란 여자들이 진흙 속에서 싸우는 광경을, 스
물다섯 살의 여자가 세상에서 가장 무거운 여자가 되기
위해 꾸역꾸역 먹는 광경을, 한 여자가 베개 옆에 헤어
드라이어를 켜놓고 화장지를 씹으며 자는 광경을 볼 수
있었다. 윌리엄은 남들보다 앞서 가상 만남 사이트도
만들었다. 그곳에서는 사랑이 여러 그룹으로, 다시 몇
개의 작은 그룹으로 나뉘었다. 심리학 박사와 철학 박
사 학위를 따고 몇 년 동안 사회사업 분야에서 경험을
쌓은 윌리엄은 인간의 겉과 속을 잘 알았다. 무엇보다
지금 그의 고객들과 마찬가지로 인간에게 다가가지 않
고 엿보는 방법을 알았다.

해마다 윌리엄은 백과사전을 대신해 세상을 알게
해줄 대학생을 고용했다. 뗏목으로 목재를 운반하는 인
부였던 아버지에게서 배운 방법이었다. 윌리엄의 아버

지는 숲으로 일하러 떠날 때마다 책 한 권을 들고 갔다. 저녁에 읽어서 이튿날 동료들에게 들려주었고, 반년 뒤 집으로 돌아와서는 자식들에게 들려주었다. 윌리엄은 오랫동안 '쿨에이드'* 주스가 '쿨리'들에게 도움을 주는 음료라고 생각했다. 아버지가 숲에서 일하는 사람들의 노동을 다른 시대에 살았던 일꾼들의 노동과 비교하여 들려줄 때 윌리엄은 아직 어렸기 때문이다.

---

*　　Kool-Aid: 미국의 크래프트 하인즈사에서 제조·판매하는 음료.

윌리엄과 에마제이드

더는 자신의 펜트하우스를 떠나지 않게 된 윌리엄이 에마제이드를 고용했다. 그는 에마제이드가 세계를 돌아다니길, 핀란드에서 열리는 학회에 가서 빙하가 녹으면 깨어날 고대 바이러스와 박테리아 이야기를 듣고 오길, 돋보기를 들고 여권을 위조하는 작업에 대해, 단추 만지는 걸 두려워하는 여자의 일상에 대해 알아 오길 원했다. 윌리엄이 요구한 것 외에도 에마제이드는 우연히 만나게 된 사람들의 일화에 대해서도 보고했다.

윌리엄이 캄보디아의 한 학교를 후원하게 된 일도 에마제이드와 크메르루주* 시대를 살아남은 어느 택시 운전사의 만남에서 시작되었다. 그는 교사이던 아버지가, 이어 안경을 썼다는 이유로 지식인으로 분류된 형이 참수되는 것을 지켜보았다. 또한 군인들에 의해 강제로 가족과 떨어져 같은 처지의 청년들과 함께 2년 동

---

*   Khmer Rouge: '붉은 크메르'라는 뜻으로, 북베트남 인민군에서 갈려
     나온 공산당 무장 조직이자 1975년에서 1979년까지 폴 포트가 이끌
     던 캄보디아의 공산 정부를 말한다. '킬링 필드'라 불리는 집단 학살
     을 벌였다.

안 복서 팬츠 한 벌만 걸친 채 캄보디아 숲속에서 지내야 했다. 폴 포트 정권이 무너진 뒤에야 어머니와 전국으로 흩어진 여섯 명의 형제자매를 다시 만날 수 있었다. 제일 어린 동생들은 일곱 살과 여덟 살이었다. 이후 가족은 파리로 이주했지만, 그는 정기적으로 캄보디아에 돌아왔다. 머리로 날아오는 삽에 맞아 죽을 뻔했던 트라우마에 시달리면서도 그는 여전히 사랑이 그곳에 있다고 믿었다.

또 어느 날 에마제이드는 기차 옆자리에 앉은 여성 물리학자와 대화를 나누며 학자들이 우리가 모르는 것들을, 우리가 모른다는 사실을 알고 있는 것들뿐 아니라 모른다는 사실조차 모르는 것들을 연구한다는 사실을 알게 되었다. 세상에는 알 수 없는 것과 불가능한 것이 존재하기 때문이다. 그날의 대화 덕분에 윌리엄의 의도를 잘 파악할 수 있게 된 에마제이드는 지식이 인간이 다가갈 수 있는 유일한 형태의 무한이라 믿는, 절대로 만족을 모르는 사람들의 무리에 합류했다. 윌리엄은 에마제이드와의 계약을 무기한으로 갱신했다. 그는 계속 에마제이드의 눈을 통해 세상을 바라보고 싶었다.

에마제이드

에마제이드는 사방치기 놀이를 하듯 시간대를 건너뛰었다. 시간대를 몇 번 지나왔는지 세어보지도 않았다. 그렇게 옮겨 다니다 보면 시계가 한 번 이상 같은 시각을 가리키면서 하루가 서른 시간이 되기도 했다. 한 해에 몇 번이나 목련꽃을 바라보며 감탄할 수 있었고, 같은 해 가을에 브레멘과 교토와 미니애폴리스의 단풍나무 낙엽을 주워 비교하기도 했다.

에마제이드는 공항을 생활의 장소로 바꾼 사람들 중 하나였다. 이제는 공항에서 그랜드피아노를 드물지 않게 볼 수 있다. 그곳에서 연주되는 음악은 셀린 디옹이든 베토벤이든 신비스럽지 않기는 매한가지다. 햄버거와 플라스틱 접시에 담긴 스시가 어느 정도 고상해지는 것 역시 같은 이치다. 어떤 공항에는 따스한 조명에 잠긴 도서관이 있고, 일단 비행기에 오르고 나면 오직 공학 기술에 자신을 내맡기게 될 승객들이 그 전에 자신들이 믿는 신과 대화를 나눌 수 있도록 조용한 기도실이 마련되어 있는 공항도 있다. 필요 이상으로 큰 창문으로 해가 들어오는 곳에 긴 의자가 놓여 있기도 하고, 거대한 벽 앞에 마사지 의자와 함께 세계 곳곳에서 온 화려한 식물들이, 한 뿌리가 다른 어린싹을 휘감기도 하면서 가득 늘어서 있는 곳도 있다. 아시아의 고사리, 남아메리카의 베고니아, 아프리카의 제비꽃이 즐겁고 풍성하게 자라나면서 곧 바깥세상을 접해야 하는 여행객들에게 안도감을 주는 것이다. 끝없이 이어지는 기다란 통로에서는 군데군데 바다 위의 섬을 닮은 식당들이 마치 오아시스처럼 모습을 드러낸다. 그곳의 메뉴판은 요리의 지리학과 아무 상관이 없다. 절인 올리브가 북유럽의 연어와 가까이 있고, 팟타이가 피시 앤드 칩스 그리고 장봉뵈르와 나란히 놓인다.* 제일 좋은 식당에서는 캐비아와 샴페인도 나오기에, 혼자 여행하는 승객도 샴페인을 터뜨리며 다른 승객들과 함께 생일을 자축할 수 있다.

　모여 있는 사람들 속에서 에마제이드를 알아보려면 훈련된 눈이 필요하다. 에마제이드는 늘 가벼우면서 따뜻한 회색 캐시미어 스웨터를 입는다. 그 스웨터가

---

* 　팟타이는 숙주와 함께 쌀국수를 볶은 타일랜드식 요리이고, 피시 앤드 칩스는 감자와 생선에 튀김옷을 입혀 튀긴 영국 요리, 장봉뵈르는 햄과 버터를 넣은 프랑스식 샌드위치다.

핸드백 어깨끈에 쓸리고 누적된 거리의 무게에 닳게 될 날을 비슷한 스웨터 세 벌이 옷장 서랍 안에서 기다리고 있다. 그 스웨터는 주인을 감싸주고, 좌석에 먼저 앉았던 낯선 사람들의 흔적으로부터 지켜준다. 에마제이드의 스웨터는 은신처이자 이동식 집이다.

에마제이드는 비행기에 오르기 전엔 늘 가볍게 먹는다. 그래야 비행기가 이륙하기 전에, 면세점에서 너무 많은 향수를 뿌려본 여자의 냄새와 너무 두꺼운 외투 차림으로 다른 터미널에서 뛰어온 남자의 냄새가 밀려오기 전에, 자리에 앉자마자 잠들 수 있다.

에마제이드와 루이

그날 루이는 제일 먼저 자리에서 일어나 탑승 게이트 앞에 섰다. 그는 전문적인 여행자답게 철회색 캐리어를 끌었고, 진회색 바지에 신축성 있고 몸에 붙는 가벼운 검정 재킷 차림이었다. 전부 어둡고 조심스러우며 거의 눈에 띄지 않는 색이다. 에마제이드는 루이가 옆 좌석 승객들에게 정중하게 인사를 건네 거리를 유지함으로써 혹시라도 시작될지 모르는 대화를 차단하는 사람임을 첫눈에 알아보았다. 에마제이드와 마찬가지로 루이는 땅에서보다 구름 위에서 자는 시간이 더 많았다. 루이와 마찬가지로 에마제이드는 번호가 매겨진 좌석의 좁은 공간에서도 문에 호실 번호가 붙은 방 안에 누웠을 때와 다르지 않게 편히 잠들 수 있었다.

에마제이드는 서둘러 루이 뒤의 두번째 자리에 섰다. 루이의 여권은 이미 필요한 페이지에 맞추어 펼쳐져 있었다. 통로를 막지 않고 캐리어를 짐칸에 잘 집어넣을 사람이라는 뜻이었다.

에마제이드는 자신이 루이처럼 전문적인 여행자의 복장인 것에 뿌듯해하며, 왼손으로 캐리어 손잡이를 쥐고 안내 방송이 나오면 곧바로 움직일 채비를 했다. 어느 나라의 어느 공항이든 비행 안내 방송을 하는 목소리는 어조와 리듬이 같고 빠르기도 같다. 에마제이드는 어서 여정의 시작을 알리는 안내 방송이 나오길 기다렸다. 어서 좌석에 앉아 비행기가 이륙하기 전에 잠들고 싶었다. 무언가 내밀한 느낌을 주는 그 좁은 공간에서 공기가 옆 좌석 승객의 한숨에 움직일 테고, 팔걸이에 놓인 다른 팔꿈치가 에마제이드의 팔꿈치를 스칠 테고, 옆 화면에서는 아는 영화가 나올 것이다. 하지만 옆 좌석의 승객은 잠든 에마제이드의 목구멍에 차오르는 울음소리를 듣게 될 것이다. 비행기 냄새, 각자의 자리에 격리된 승객들, 끊이지 않는 모터 소리는 매번 에마제이드의 위장에 소리 없는 흔들림을 낳았고, 기절하듯 깊은 잠에 빠지고 싶은 도저히 이길 수 없는 욕구를 불러왔다.

　방송이 나오자 루이가 앞서고 에마제이드가 뒤를 따르면서 두 사람은 조화로운 걸음으로 비행기를 향해 갔다. 그들은 두 캐리어의 규칙적인 바퀴 소리와 함께 똑같은 리듬으로 걸었다. 그 어떤 무례도 허용하지 않는 좁은 통로에서의 규칙을 따르며, 마치 열병하는 군인들처럼 자신 있는 걸음걸이로 나아갔다. 그렇게 비행기 여행에 익숙한 승객들의 불문율에 따라 예의에 맞는 거리를 유지했다.

그때까지 에마제이드의 삶은 스스로에게 어떤 질문도 던지지 않고 계속 앞으로 나아갈 수 있는 그 통로의 모습 그대로였다. 그런데 그날 통로가 꺾이는 자리에 놓인 신문 진열대 앞에서 루이가 갑자기 돌아섰다. 루이의 캐리어와 에마제이드의 발이 부딪칠 뻔한 순간 그들의 눈이 익명의 공간에 흔적을 남기며 마주쳤다. 잠시 멈춰 설 수도 있었겠지만 뒤이어 오는 사람들 때문에 그럴 수 없었다. 그들은 다시 걸음을 옮겼다. 에마제이드는 루이보다 세 발짝 뒤에서 걸었다.

더없이 순수하고 다행스러운 우연으로 루이와 에마제이드의 자리는 한 좌석 건너였다. 루이는 승무원에게 미소를 지었고, 가방을 여러 개 든 승객에게 무슨 말인가를 건넸고, 옆 좌석 사람에게 인사를 했다. 에마제이드는 세월과 함께 둥글어진 어깨에서 흘러내린 스카프를 주워 주인에게 돌려주었고, 루이와 자신의 사이에 앉은 승객에게 안전벨트 버클을 건넸다. 그러는 동안 에마제이드와 루이는 한 마디도 주고받지 않았다. 그들은 자주, 그리고 길게 서로를 쳐다보았다.

그날 에마제이드는 처음으로 비행기 안에서 깨어 있었고, 잠들어 근육이 이완된 상태에서도 완벽하게 곧은 자세로 앉아 있는 루이의 모습에 매혹되었다.

목적지에 도착한 뒤 입국 심사 줄에서는 루이가 에마제이드 뒤에 섰다. 에마제이드가 먼저 말을 걸어 비행기 안에서 찍은 그의 사진을 보여주었다.

루이, 떰, 아이작

그날 비행 중에 읽은 제발트의 소설 『아우스터리츠』* 122쪽에 적힌 대로, 에마제이드는 보르도에서 루이를 다시 만났다. 그다음은 일본과 호주 사이, 필리핀의 동쪽이자 대양의 서쪽에 있는 섬 괌에서였다. 루이는 어릴 때 난민으로 그 섬에 머문 적이 있었고, 바로 그곳에서 떰과 아이작의 아들이 되었다. 루이, 떰, 아이작은 미국 공군기지에서 1만 7천 개의 울타리 기둥과 400개의 야외 화장실 그리고 비행단의 4분의 3에 해당하는 B-52기들 사이에서 살았다. 모국을 떠난 초기 베트남 이주자들의 운명을 연구하러 온 몬트리올의 역사가 아이작은 통역을 해주던 떰과 사랑에 빠졌다. 떰은

---

* 독일의 문예사학자이자 작가인 제발트(W. G. Sebald, 1944~2001)가 2001년에 발표한 소설. 나치가 유럽을 장악할 즈음 일어난 유대인 아동 구조 운동으로 네 살 때 영국으로 와서 자신의 이름과 과거를 잊은 채로 자라난 아우스터리츠가 주인공이다. 1인칭의 화자는 건축가가 된 아우스터리츠가 자신이 지나는 공간들, 건축물들을 기록하면서 기억을 더듬어가는 과정을 함께한다. 한동안 소식이 없던 아우스터리츠에게서 날짜와 장소, 그리고 물음표만 적힌 엽서를 받고 찾아가기도 한다.

1975년 4월 30일 남베트남이 멸망한 뒤 괌까지 오는 행운을 얻은 10만 베트남인들의 혼란스럽고 불안한 말들을 옮겨준 통역들 중 하나였다.

헬리콥터

총탄을 뚫고 착륙해서 부상당한 병사들을 데려오고 시신을 회수해 온 헬리콥터들의 활약상 가운데 가장 유명한 것은 1975년 4월 29일과 30일 사이의 새벽에 대사관 벽을 기어 올라온 민간인들을 수송한 일이었다. 사이공 사람들은 전쟁을 끝내러 북쪽에서 내려오는 탱크들을 피하겠다는 희망을 품고 항구로 향했고, 특히 미국 대사관으로 몰려갔다. 특권적 지위를 누리던 사람들은 이미 스물여덟 곳의 철수 지점이 정해졌으며 그중 지붕 열세 곳에 휴이 헬리콥터의 랜딩 패드와 같은 크기로 대문자 H를 그려놓았다는 사실을 알고 있었다. 요령 좋은 사람들은 미국 고위급 군인들의 차를 모는 운전사들에게 보석이나 오토바이를 주고 디데이에 어디로 달려가야 하는지, 어느 쪽으로 가야 새로운 정복자들에게 포위된 도시를 벗어날 수 있는지 정보를 얻어냈다.

탈출선으로 변한 헬리콥터들이 아홉 시간 동안 사이공 하늘에서 춤을 추었다. 동원 가능한 휴이 헬기들이 최대한 많은 인원을 태우고 최대한 자주 이륙과 착륙을 되풀이해야 했기에 규정을 무시할 수밖에 없었다. 헬리콥터 한 대를 부조종사 없이 조종사 혼자 맡았고, 정원이 열두 명이었지만 스물에서 스물네 명까지 태웠다. 마지막에 어느 미국인은 혼자 있는 한 소년에게, 그리고 사다리 아래 남은 부모들이 맡긴 두 아이에게 자기 자리를 내어준 뒤 랜딩 기어 위에 서서 기관총을 붙잡고 버텼다. 날이 저물기 시작하자 대사관의 테니스장과 주차장에 임시 헬리콥터 이착륙장이 만들어졌고, 둥글게 둘러선 자동차 헤드라이트들이 조명을 대신했다.

프리퀀트 윈드Frequent Wind 작전의 책임자들은 임무에 자원한 조종사 31명이 978명의 미국인, 그리고 베트남인을 포함한 외국인 1,220명을 무사히 구해냈다는 사실을 하늘에 감사했다. 그날 사이공을 떠난 사람들 중 한 10대 소녀는 나중에 애틀랜타에서 생명공학 연구자가 되었고, 한 청년은 캘리포니아에서 마취과 의사가 되었고, 또 다른 이는 텍사스에서 생선 거래로 부자가 되었다.

루이와 사이공

늘 바닥에 귀를 붙이고 자던 루이는 경찰들, 대사들, 회사 사장들, 비밀 정보 요원들이 이동하는 소리를 들을 수 있었다. 그와 동시에 저항 세력이 맨발로 움직이는 소리도 들었다. 중고 유리와 판지를 사고파는 여자의 너비 3미터짜리 집 아래서 저항 조직이 정부에 맞서 봉기를 준비하고 있다는 건 더 이상 비밀이 아니었다. 루이는 그 여자가 늘 앉아 있는 나무 의자 밑에 숨겨진 환풍구를 본 몇 안 되는 사람 중 하나였다. 만일 거리를 지나는 사람들이 루이처럼 유리병 무게 다는 소리, 신문 꾸러미 옮기는 소리, 스쿠터와 자전거 경적 소리 아래 감춰진 소리를 들을 줄 알았다면 틀림없이 라디오 방송국을 장악할 방법과 북쪽으로의 송금 문제를 논의하는 소리, 남쪽을 향한 북쪽 군대의 진군을 알리는 소리, 전선에 나가 있는 병사들과 총을 겨눈 양쪽 진영 사이에서 볼모가 된 시민들에게 곧 다가올 승리와 평화를 예고하는 소리를 들을 수 있었을 것이다.

사이공은 분화를 시작하는 화산 위에 자리 잡은 도시가 아니었다. 그 땅의 흔들림은 거리에서 오지 않았다. 먼지떨이를 파는 상인들과 하이힐을 신은 여자들에게서, 미군 헌병들의 지프차로 가득한 거리가 아니라 아스팔트와 진흙을 들어 올리는 깊은 뿌리들에서, 밟힌 먼지와 밟혀 다져진 정체성에서 왔다.

　루이는 발밑에서 지진의 조짐을 감지했다. 거리에서 운전사들이 앞으로 얼마나 큰 규모의 학살이 닥칠지 자기들끼리 내기하는 소리도 들었다. 사장들은 앞에서 등을 보이고 앉아 말없이 핸들을 쥐고 있는 운전사가 자기 말을 알아들을 수 있다는 사실을 생각하지 못했다. 처음에는 베트남 운전사에게 그저 외국어 단어들이었던 것이 시간이 가면서 가장 은밀한 비밀과 가장 잔인한 욕망, 그리고 가장 섬세한 정보를 드러내는 문장이 되었다. 석유 회사 사장의 부인을 태우고 가던 운전사는 주인이 사이공에 놀러 온 친구와 나누는 대화 중에서 "사이공 기온은 화씨 105도, 점점 뜨거워진다"라는 문장을 낚아챘다. 변호사의 차를 모는 운전사는 주인이 자기 아들에게 「화이트 크리스마스」 노래를 알려 주고 휘파람으로 부는 법을 가르친다는 사실을 간파했다.* 엔지니어의 운전사는 주인의 딸로부터 철수 신호가 라디오에서 나올 거라는 얘기를 들었다. 베트남과 미국의 친교 클럽 비엣미[†] 회장의 차를 모는 운전사는 디데이에 어느 건물의 지붕이 헬리콥터 착륙장으로 쓰일 예정인지 알아냈다. 운전사들은 공식적으로 모이지 않아도 어차피 주인들을 기다리느라 노점 카페에서 서로 만날 수밖에 없었다. 몇 번 대화를 주고받는 동안 그들은 각자의 정보들을 퍼즐 조각처럼 모으고 배치하고 해석해서 철수 작전을 재구성해냈다.

미국의 최종 철수를 앞둔 마지막 한 달 사이, 사이공 거리를 돌아다니고 고고 클럽에 가는 미국인의 수가 점점 줄어들었다.

루이가 그랬듯이 펨도 사이공의 은밀한 진동을 느꼈다. 펨을 사랑한 한 고객이 전쟁의 끝과 철수를 알리는 초특급 비밀 신호가 나올 테니 라디오를 잘 듣고 있으라고 말해주었다.

여객기의 좌석을 구하기가 점점 힘들어졌고, 사람들의 이동이 점점 많아졌다. 어차피 동요를 막을 수는

---

[*] 'The temperature in Saigon is 105 and rising'라는 암호와 「화이트 크리스마스White Christmas」 노래는 사이공 긴급 철수 작전이 시작되니 집결 지점으로 속히 모이라는 신호였다.

[†] Việt My : '베트남-미국'이라는 뜻이다.

없었다.

　군용비행기 한 대가 이륙 직후 폭발한 날은 긴장이 급속도로 퍼져나갔다. 하지만 사이공 사람들은 그 비행기가 탱크도 병사도 첨단 무기도 아닌 고아들을 태우고 있었다는 사실은 알지 못했다.

루이

라디오에서 흘러나오는 「화이트 크리스마스」를 신호로 운전사들이 주인들과 함께 움직이기 시작할 때, 루이는 그들을 따라갔다. 가득 모인 어른들 사이를 뚫고 지붕까지 올라갔다. 그곳에서 미국인 책임자의 지휘 아래 사람들이 공중 정지 비행 중인 헬리콥터의 사다리를 기어오르고 있었다. 루이는 한 남자가 뻔뻔하게 사람들을 밀치며 나아간 덕분에 헬리콥터에 오를 수 있었다. 상황을 지휘하던 미국인이 사다리에 올라선 그 남자를 거칠게 끌어내 주먹을 날렸고, 남자는 결국 요란스럽게 회전하는 프로펠러 아래 쓰러졌다. 지금도 루이는 자기가 그날 지붕에 쓰러진 남자의 자리를 차지했다고 믿고 있다. 그날의 철수를 책임진 사람마저 헬리콥터 랜딩 기어에 선 채로 버텨야 했을 정도로 자리가 부족했기 때문이다.

루이와 다른 6,967명은 프리퀀트 윈드라 불린 작전에 동원된 선박들에 내렸다.

프리퀀트 윈드 작전이 잊어버린 열한 명의 해병대원*을 구해내기 위해 최후의 순간 미국 대사관 지붕에

마지막 헬리콥터를 내린 조종사가 어쩌면 루이의 아버
지였을까.

어쩌면.

떰과 타이거

떰이 간신히 올라간 미국 대사관 지붕 위에서는 계속 헬리콥터들이 오르내렸다.

전쟁의 끝은 요란스러운 소리와 함께 왔다. 마치 평화는 총소리, 포탄 소리, 비명 그리고 공황 발작과 함께 선언하고 맞이해야 하는 것만 같았다.

미국 대사관에 베트남을 떠나라는, 철수를 시작하라는 지시가 떨어졌다. 대사관 직원들이 전보, 은행권, 비밀문서를 파쇄하고 소각하는 동안, 승리자들과 함께 박해가 닥칠 것을 알고 있던 사람들이 미국 대사관으로 몰려왔다. 그들은 신호등을 무시하고, 햇볕을 피할 수 있게 만들어놓은 파라솔 형태의 구조물 아래 곤봉을 들고 서 있던 경찰들도 무시했다. 지진의 전조를 감지한 동물들처럼, 새로운 깃발을 흔드는 병사들과 함께 들이닥칠 전차와 군용 트럭을 피해 숨을 곳을 찾아 몰려갔다.

대사관 앞에는 인도와 도로를 구분하는 선이 사라졌다. 대사관 문마다 바리케이드가 막고 있고 당장이라도 발사할 태세를 갖춘 기관총들이 지키고 있었지만 사람들은 막무가내로 몰려들었다. 지붕으로, 사다리로, 헬리콥터 착륙장으로 이어지는 건물 입구마다 사람들이 가득했다. 모두 난바다로 떠나기를 갈망했다. 미지의 거대한 세계로 떠나려 했다.

루이가 탄 헬리콥터와 마찬가지로 떰이 탄 헬리콥터도 배 위에 내렸다. 배는 이미 사람들로 가득했다. 작은 보트를 타고 배에 다가오는 사람들도 있었다. 그들은 밧줄에 혹은 체인에 매달려 배에 올랐다. 발을 헛디디기도 했고, 줄을 놓쳐 떨어지기도 했다. 조종사들은 헬리콥터 안에 끼어 탄 사람들이 내릴 수 있도록 기체를 비스듬히 기울였다. 헬기에 안전하게 탈 수 있는 최대 인원이 몇 명인지, 연속으로 비행할 수 있는 규정 시간이 얼마인지 모두 무시했다. 조종사들은 부조종사들에게 다른 헬기를 맡겨 비행 횟수를 두 배로 늘렸다. 그렇게 한 명씩 이륙해서 늦게까지, 어두워질 때까지, 마지막 기회까지 하늘을 오갔다. 아직 수백 명이 대사관 수영장 주변에 모여 헬리콥터가 한 번 더 오기를, 마지막 헬리콥터가 한 번 더 있기를 갈망하고 있다는 걸 알았기 때문이다.

군인들에게 프리퀀트 윈드 작전의 공식 종료를 알리는 신호는 '타이거, 타이거, 타이거'였다. 아니면 '타이거 이즈 아웃Tiger is out'이었을 수도 있다. 한 가지는 분명했다. 그 신호가 떨어진 순간부터 하늘에서 정지 비행 중인 헬리콥터 프로펠러의 회전 소리 대신 아스팔트 위에 퍼지는 탱크 소리가 들려왔다.

매니큐어

동물 중에서 인간은 몸의 95퍼센트가 한 가지 색을 띠는 범주에 속한다. 인간은 깃털을 펼쳐 보이거나 꼬리로 바닥을 훑지 못하고, 목주머니를 부풀려 상대를 유혹하거나 쫓아버릴 수도 없다. 그래서 옷을 입고 화장을 하고 손톱을 채색한다. 손톱을 검게 칠한 바빌론의 전사들부터 금과 은의 광채가 나는 손톱을 좋아한 중국 황실 사람들, 그리고 손가락 끝을 헤나 염료에 담근 클레오파트라까지, 신분이 고귀한 사람들은 성스러운 색을 독점하고 신하들에게는 금지함으로써 자신을 그들과 구별 지으려 했다.

누구나 손톱에 색을 칠할 수 있게 되기 위해서는 자동차의 발명을 기다려야 했다. 20세기 초, 자동차 페인트와 손톱 매니큐어의 광택이 부르주아들을 매혹하고 부자의 꿈을 꾸어보라고 부추겼다. 그때부터 매니큐어 병들이 백화점 진열대와 네일 숍의 선반에, 여자들의 화장품 파우치 안에 자리 잡기 시작했다. 매니큐어 산업은 인구의 절반만을 타깃으로 삼으면서도 매해 거의 100억 달러의 매출을 낳는다. 실험실의 화학자들은 어떻게 하면 매니큐어가 손톱에서 잘 버틸지, 아크릴 조각으로 덮고 색칠을 해도 여전히 자라는 손톱을 어찌해야 할지 고민하며 주말에도 연구를 이어간다. 하지만 그들은 자연이 주어진 길을 갈 뿐이라는, 자연은 늘 투명하고 중립적이며 아무런 의도도 갖지 않는다는 사실을 바꾸지 못한다.

네일 숍에서는 고객에게 원래의 사각형 손톱을 대신할 아몬드 형태의 손톱을 권하고, 밋밋한 손톱 위에 아름다운 광채를 권한다. 힘든 일을 잊고 다시 삶이라는 경기장으로 들어서라는 뜻이다. 끝이 보이지 않는 터널 속에 있는 여자들은 반짝이 장식의 빛에 끌리고, 소음을 견뎌야 하는 여자들은 터키석 장식을 좋아하며, 할퀸 상처를 가진 여자들은 뾰족한 손톱을 고른다. 유튜브 채널에서는 매니큐어 신봉자들이 가상의 낙원 혹은 기기묘묘한 젊음이 어른거리는 이미지들로 새로운 경향을 창조한다. 많은 이들이 손톱을 갈고 다듬고 자르고 붙이고 장식하고 윤내는 방법을 보여준다. 한참 동안 혼자 촬영 카메라 앞에 앉아 화면 너머에 역시 혼자 앉아 있는 시청자들에게 한 단계씩 설명해준다.

막 한 세기가 지났는데 이미 수백 가지의 색이 만

들어졌다. 색깔마다 그 특성과 색을 선택하는 사람의 개성을 강조하는 이름이 붙어 있다. 솜사탕의 분홍색은 '버터플라이 키스', 태양을 누비는 바닷물의 푸른색은 '프레타세르페', 대담한 라즈베리 벨벳은 '매드 우먼', 순수한 산호색은 '선데이 펀 데이', 정적인 베이지는 '크렘 브륄레', 잠 못 이루는 밤의 회색은 '링컨 파크 애프터 다크', 빼앗아온 순수의 흰색은 '퍼니 버니', 산화된 살해의 피는 '루즈 앙 디아블'*이다.

루이는 앰 홍의 눈 색깔을 담기 위해 '논의 초록' '구아바의 초록' '유리병의 초록'을 만들어냈다.

---

*　프랑스어로 '프레타세르페prêt-à-surfer'는 '서핑 준비를 갖춘'이라는 뜻이다. '크렘 브륄레crème brûlée'는 '불에 탄 크림'이라는 뜻으로 달걀, 우유, 설탕으로 만든 커스터드에 캐러멜 층을 덮은 프랑스의 디저트이고, '루즈 앙 디아블rouge en diable'은 '악마 같은 빨강'이라는 뜻이다.

떰, 아이작, 루이

아이작은 괌에서 떰과 결혼했고 루이를 양자로 삼았다. 그렇게 세 사람은 가족이 되었다. 그 가족의 모습에 지나가는 사람들이 눈살을 찌푸리기도 했지만, 반대로 미소 짓는 사람들도 있었다.

가족을 이룬 지 5년이 된 날을 기념해, 아이작은 떰과 루이를 캘리포니아로 데려갔다. 괌을 경유해 미국으로 이주한 베트남인들의 삶을 추적하기 위해서였다. 아이작의 예상과 달리 난민에서 이민자가 된 베트남 사람들은 대부분 새로운 삶에 놀랍도록 잘 적응해 살아가고 있었다. 꽤 많은 이들이 자기 사업을 일구어서 작은 식당부터 전문 식료품점, 보험 사무소 그리고 청소 대행업체까지 운영하고 있었다. 가장 많은 것은 네일 숍이었다.

1975년, 앨프리드 히치콕의 영화 「새」의 주인공 티피 헤드런이 난민 캠프를 방문했을 때 베트남 여자들은 그 아름다운 손톱을 칭송했다. 티피 헤드런은 캠프에서 스무 명 정도의 여자를 모아 매니큐어 바르는 법을 가르치기로 했다. 그 첫 학생들은 캘리포니아에 정착한 뒤 다른 예순 명에게 자기들이 배운 것을 가르쳤고, 그 60명이 다시 똑같이 하면서 360명으로 3,600명으로 계속 늘어났다. 그렇게 몇 년 사이에 네일 숍이 미국과 유럽 전역으로, 전 세계로 퍼져나갔다.

떰은 몬트리올에 네일 숍을 열었다. 괌에서 지내는 동안 떰과 루이의 피부색에 대해 단 한 마디도 꺼낸 적 없는 투언에게서 조언을 받았다.

투언은 네일 숍을 운영하는 베트남 여성 중 처음으로 로스앤젤레스의 사우스베이 구역에서 흑인 미용실을 소유한 올리베트와 협업을 했다. 그러면서 올리베트의 고객들에게 60퍼센트, 75퍼센트까지 할인된 파격적인 가격으로 매니큐어 서비스를 제공했다. 올리베트와 투언의 협업은 새로운 욕구와 새로운 문화를 낳았고, 오늘날 그 규모는 80억 달러에 이른다. 80억이면 중고 휴이 헬리콥터 48,484대를 살 수 있는 액수이고, 킬로미터로 치면 태양과 지구를 여섯 번 오가는 거리이며, 킬로그램이라면 보잉 747-400기 5,525대의 무게다. 혹은 그동안 팔린 아이폰 개수의 여덟 배에 이르는 숫자이다. 원래 베트남 여자들은 고전적이고 보수적인 형태와 색상을 선호하는 백인 중산층 여성들과 취향이 비슷했지만, 네일 숍을 연 뒤에는 손톱 끝으로도 창의성을 넘치도록 드러내는 표현적이고 강렬하고 괴상한 흑인 고객들의 취향에 금방 적응했다.

아이작은 뗌이 네일 숍을 열 때 지원을 아끼지 않았다. 루이도 방과 후와 주말에 힘을 보탰고, 그러면서도 급우들에게 뒤처지지 않기 위해, 이론과 계획과 규칙을 모른 채 살아온 10년의 시간을 따라잡기 위해 버스 안에서도 공부하고 밤에도 공부했다.

뗌의 네일 숍은 여는 시간도 닫는 시간도 정해져 있지 않았다. 고객들이 원하는 시간엔 무조건 열었다. 결혼하는 여자들을 위해 새벽에도 예약을 받았고, 데이트 나갈 여자들을 위해 저녁에도 예약을 받았다. 그리고 그 사이사이에 심리 상담사나 성 의학자 같은 치료사의 처방을 받고 찾아오는 사람들, 바닷가로 여행을 떠날 사람들을 맞았다.

어느 정도 자리를 잡은 뗌은 자기 밑에서 일하는 베트남 여자들이 따로 네일 숍을 열고 싶어 할 때 기꺼이 지원해주었다. 장소를 구하고 매니큐어 목록과 고객들의 목록을 만드는 일은 루이가 맡았다. 해마다 루이는 점차 네일 사업의 모든 영역을 익혀나갔다. 사진과

영상을 통해, 숍에서 이루어지는 대화들을 통해 새로운
발견과 창조가 이어지면서 사업이 빠르게 발전했다. 루
이는 기존의 방식에 부가적인 방식을 추가하며 전 세계
로 사업을 확장했고, 그렇게 베트남인 공동체의 비약적
인 발전에 기여했다.

루이와 매니큐어

루이는 전 세계를 돌아다녔다. 주민 500명의 마을
부터 2백만 명의 도시까지 똑같은 매니큐어 병이 똑같
은 조명 아래 똑같은 방식으로 배열된 진열대의 수를
늘리는 것이 그의 성공 비결이었다. 어떤 네일 숍에서
든 어떤 나라에서든 똑같은 기술이 사용되고 똑같은 유
행이 퍼졌으며, 서로 모르는 사람들이 몇 시간 동안 똑
같은 모습으로 손을 내밀고 있었다.

바닥에 거의 닿을 듯 낮은 이동식 의자에 앉아 고
객의 발 앞에 코를 가져다 댄 여자들은 거의 모두가 같
은 곳에서 왔다. 태양이 아무리 빛나도 자신들을 기다
리는 빛나는 미래는 없는 곳이었다. 그곳에서 여자들은
원뿔형 모자를 쓰고 미국 서부 카우보이처럼 삼각형으
로 접은 손수건으로 코를 가린 채 무엇이든 팔러 다녔
다. 신문, 모자, 바게트 빵을 누구든 조금이라도 화가 나
면 단번에 부서뜨릴 수 있을 만큼 변변치 않은 진열대
에 끈으로 묶어놓고 팔았다. 먼지 나는 길에서 행인들
에게 팔았다. 해가 진 뒤 밥 한 그릇을 먹기 위해서 팔
았다. 가족이 몇천 달러를 받는 대가로 한국이나 타이

완이나 중국의 낯선 남자와 결혼하기도 했다. 자신들이 만일 알츠하이머를 앓는 시어머니나 몸이 마비된 시동생을 제대로 돌보지 못하면 남편이 다른 여자로 바꿔달라고 요구할 수 있다는 걸 알았다. 어쩌면 남편으로부터 부부간의 의무에 따라오는 폭력을 겪을 수 있다는 걸, 먼 섬과도 같은 타국에서는 고통의 비명을 지르고 부당하다 외친다 해도 그 입에서 나오는 언어를 알아듣는 것은 모래언덕과 영원히 밀려왔다 빠져나가기를 반복하는 바닷물뿐이라는 걸 알았다. 아니면, 그런 남자들을 피하기 위해 몇만 달러를 내는 방법도 있었다. 외국으로 나갈 수 있도록 결혼 증명서에 서명해줄 남자에게 갈 돈이었다. 사랑과는 아무런 관련 없는 가짜 남편들이 누구인지는 중요하지 않았다. 발꿈치의 각질을 긁어내면서 빚을 갚을 수 있다는 걸 알았기 때문이다. 열심히 발가락의 굳은살을 벗겨내다 보면 가짜 남편이 자기를 고발해서 불법체류자가 될지 모른다는 두려움도 줄어들지 않겠는가.

루이는 미용을 직업으로 선택한 여자들, 그 일을 탈출구로, 비상구로 삼은 여자들이 얼마나 불안정한 상황에 처해 있는지 잘 알았다. 그래서 그들이 일을 잃지 않도록 새로운 상품이 출시되면 곧바로 빠짐없이 알려 주었다. 그렇게 동쪽에서 서쪽으로, 북쪽에서 남쪽으로, 직선을 그리며, 지그재그로, 마치 쌍무를 추듯 오가며 세계를 누볐다. 사각형 손톱과 곧바로 붙일 수 있도록 모조 다이아몬드를 장식해둔 긴 손톱은 암사자의 발톱처럼 뾰족한 손톱 못지않게 빨리 그리고 우연하게 사람들의 마음을 사로잡았고 또 잊혔다. 손톱 끝만 칠하는 프렌치 네일이 두 차례 유행하는 사이에 루이는 자신의 고객들이 손님에게 테두리만 칠하는 매니큐어와 아랫부분을 반달 모양으로 칠하는 스타일을 권하도록 준비시켰다. 투명 매니큐어가 짙은 검정, 바나나 노랑과 함께했다. 마치 모든 꿈이 손가락 끝에 자리한 듯, 가로세로 1센티미터가 안 되는 작은 캔버스는 무한한 가능성을 제공했다.

네일 숍의 환경도 많이 개선되었다. 1980년대에 루이가 처음 가본 숍에는 버블 마사지 족욕기도, 강도가 세 단계로 조절되는 마사지 의자도 없었다. 레진 볼과 아크릴 젤, 유리섬유도 없었다. 손톱 전체에 매니큐어를 바르는 게 전부였다. 뜨거운 돌을 사용한 종아리 마사지기나 손톱을 말려주는 UV 램프도 등장하기 전이었다. 루이는 자신의 어머니가 되어준 뗨의 남편, 그러니까 양아버지인 아이작의 도움으로 아주 일찍, 아직 많은 베트남 여자들이 그 일에 뛰어들기 전에 이미 그 세계를 발견했다. 지금은 시장의 절반을 베트남 여성들이 차지하고 있다. 통계에 따르면 매니큐어를 칠한 손톱의 절반이 베트남 여인들의 손을 거쳐 갔다.

루이와 에마제이드

에마제이드는 사이공 공항에서 루이를 세번째로 만났다. 루이는 무리 속에 가만히 서 있어도 늘 머리 하나만큼 더 컸기 때문에 굳이 사람들을 밀치고 나설 필요가 없었다. 사이공 공항에는 전쟁 때 베트남을 떠났던 사람들, 오랫동안 떠나 있던 '집으로' 돌아오는 사람들을 맞이하기 위해 먼 친척들까지 나와 있었다. 가족들은 작은 트럭을 빌려 순서대로 올라탔다. 15년 만에 만나는 이들도 있었고, 20년 혹은 30년 만의 재회도 있었다. 그래도 가족은 여전히 끈끈했다. 사촌 형제자매도 친 형제자매와 다르지 않고 조카들, 아이들, 숙부와 숙모들, 혈족이 다 함께했다. 축제였다. 가족은 축제였다. 필요 이상으로 큰 귀국 가방과 박스들에는 웨더스 캐러멜과 뤼 비스킷,* 수분크림과 최신 생리대가 가득 담겨 있었다. 하지만 에마제이드의 짐은 평소와 다름없이 기내용 캐리어 하나뿐이었다.

---

* 웨더스Wether's는 독일 슈토르크사에서 만드는 캐러멜의 상표이고, 뤼LU는 프랑스의 과자 회사 이름이다.

호텔 테라스에서 루이와 마주 앉은 에마제이드는 쉼 없이 이어지는 스쿠터와 자전거와 자동차 소리를 들으며, 어린 앰 홍처럼 그대로 잠들었다. 루이는 에마제이드가 만 하루를 그렇게 자고 깨어날 때까지, 전처럼 그 잠을 지켜주었다

떰과 에마제이드

떰은 자신이 낳은 아이를 몇 분밖에 보지 못했다.

바의 주인에게 고용된 산파가 첫울음을 터뜨린 아기를 데리고 나가 시클로꾼에게 넘겨주었다. 떰을 곧장 바의 무대로 돌려보내기 위해서였다. 이름도 받지 못한 아이는 나중에 두 가지 이름을 얻었다. 홍, 그리고 에마제이드.

떰과 아이작

임종을 앞둔 떰은 쌀국수 포phở 냄새를 맡고 싶어 했고, 마지막으로 남긴 말은 "아이작 예우"*였다. 아이작을 부를 때 떰은 '달링'이나 '허니' 혹은 '셰리'†같이 병사들의 입에서 자주 들었던 말 대신에 '예우'라는, 자신의 깊은 뿌리에서 나온 말을 골랐다. 그 사랑의 말은 떰이 아이작의 품에 안겨 있을 때 가장 깊이 울려 퍼졌다.

아버지 알렉상드르의 농장에서 고무나무 잎사귀들이 그랬듯이, 떰은 어린 시절에 접한 고엽제 때문에 병을 얻었다. 종양학자에 따르면 매니큐어가 원인일 수도 있었다.

---

*   yêu: '사랑하다'를 뜻하는 베트남어.

†   chéri: 영어의 'darling'에 해당하는 프랑스어.

포

베트남에 사는 베트남 사람들은 절대로 포를 집에서 만들지 않는다. 하지만 베트남 밖에 사는 베트남 사람들은 적어도 한 번은 집에서 직접 포를 준비하거나 누군가의 집에서 만든 포를 먹게 된다. 집 밖으로 나와 길모퉁이에서 파는 포를 먹을 수 없기 때문이다. 사이공에는 국수를 파는 사람의 수가 골목의 수만큼 많다. 판매대마다 재료의 배합 비율과 조리법이 다르다. 포에는 전부 스무 가지 정도의 재료가 들어간다. 계피, 육두구, 고수 씨, 팔각, 정향, 생강, 소꼬리, 양지머리, 소뼈, 닭 뼈, 소 등심 아래 부위, 소 힘줄, 피시 소스, 염교, 얇게 썬 양파, 고수, 톱니 모양 고수풀, 타일랜드 바질, 숙주나물, 쌀국수 면, 후추, 고추, 칠리소스.

이삼십 년 전부터 재료를 익히고 섞어온 솥에서 끓이는 이런 국물을 집에서 만들기란 불가능하다. 포 국물을 만드는 솥은 은근한 향료들과 가장 강한 풍미들이 천천히 섞여가는 은밀한 장소이다. 만일 과학자가 솥들을 자세히 들여다본다면 그 주인의 미뢰의 흔적을 발견하게 될 것이다. 하노이의 하호이 거리에는 계피 냄새가 제일 먼저 나는 솥이 있고, 그 옆 가게의 솥에서는 볶은 생강의 탄 냄새가 난다. 국물의 종류는 24의 24제곱만큼 많다. 사람들은 각자의 기호에 따라 찾아간다. 친구들은 포 가게의 주소를 교환하고, 연인들은 처음으로 함께 먹은 포에 의미를 부여한다. 초등학생들은 면 굵기와 양에 따라 선택한다. 가족들은 세대를 이어가며 향수를 달래러 같은 가게를 찾아간다.

옛날에 루이는 다른 손님들이 입맛에 따라 고른 국물을 먹었다. 서둘지 않으면 점원들이 남은 음식을 돼지에게 줄 양동이에 부어버릴 수 있기 때문에, 손님이 자리에서 일어서면 루이는 곧바로 그릇을 차지해 남김없이 먹었다. 점차 그릇에 남은 것으로 먹은 사람을 알아낼 수 있게 되었다. 한 여자는 같이 온 자매가 접시에 담긴 숙주나물을 국물에 집어넣는 동안 바질 잎을 열 개 혹은 열다섯 개씩 마구 뜯어 넣어 향을 냈다. 어느 보디빌더는 비계 한 국자와 함께 날달걀을 직접 국물에 넣었다. 아주 늙은 한 여자가 국물을 시뻘겋게 만드는 바람에 루이는 고추에도 익숙해졌다. 그러면서 매번 그 여자의 시력이 많이 떨어진 게 아닐까, 아니면 사람들을 쉬지 않고 욕하느라 미뢰가 무감각해진 게 아닐까

생각했다. 포를 파는 여자는 질투로 몸서리치는 여자들
이나 그렇게 맵게 먹는다고 중얼거렸다.

　루이는 그 모든 고객들의 총합이었다.

끝이 없는 진실들

대화를 끝내는 법을 알았더라면, 진짜 진실, 개인적인 진실을 직관적인 진실과 구분해내는 법을 알았더라면, 나는 기꺼이 엉킨 실들을 풀어 정리한 뒤 다시 붙여 독자와 나 사이에 놓인 이 책의 이야기가 명확해지도록 했을 것이다. 하지만 화가 루이 부드로*의 조언을 따르기로 했다. 그는 나에게 자신이 이 책의 표지로 만들어준 그림의 실들과 유희를 즐기라고 권했다. 그의 아틀리에에서 출발한 자동차가 몇 차례 좌회전을 하고 과속방지턱들을 지나 우리 집으로 온 뒤에도 여전히 제자리에 붙어 있는 실들도 있었다. 하지만 일부는 한밤중에 캔버스에서 떨어지며 제 존재를 드러냈다. 내가 군인들, 전사들, 그리고 싸우기를 거부한 사람들의 증언 속에 담긴 침묵을 듣고 있을 때였다. 그때까지 써놓은 수많은 단어와 문단과 문장을, 어떤 것이 너무 많이 강조되고 또 어떤 것이 너무 많이 부각되지 않도록 지

---

* Louis Boudreault(1956~): 캐나다의 리브르 엑스프레시옹(2020)과 프랑스의 리아나 레비(2021)에서 출간된 프랑스어판 『앰』은 루이 부드로가 실을 사용해서 작업한 그림을 표지로 삼았다.

워나가고 있을 때였다. 우리가 계속 사랑하게 해주는, 살아가게 해주는 균형을 지켜내기 위해서였다.

그것만 아니었다면 나는 모교의 홈커밍 데이에 참석한 에마제이드의 왕관을 자세히 묘사했을 것이다. 나는 에마제이드가 견갑골의 문신으로 고른 문구에 대해 ("네가 찾고 있는 그것이 너를 찾고 있다Ce que tu cherches te cherche") 말하고 싶었다. 업어서 침대까지 데려다주는 루이의 허리를 감싼 에마제이드의 두 다리도 그려보고 싶었다.

떰을 구해준 조종사 존의 가족이 어떻게 살고 있는지 전하고 싶었고, 베트남에서 온 다섯 아이를 동생으로 거느린 나오미의 딸 하이디 이야기도 들려주고 싶었다. 미라이에서 살아남아 노인이 된, 용서할 기회를 갖기 위해 미군 병사들을 초대한 여인의 이야기도 하고 싶었다.

그리고 감옥들이 이제 관광지로 개조되었으며, 포름알데하이드, 톨루엔, 프탈산디부틸, 포름알데하이드 수지, 장뇌가 들어간 매니큐어 사용을 중지함으로써 발암 위험을 낮추는 데 기여한 파이브프리five-free 네일 숍이 열렸다는 다행스러운 소식도 전하고 싶었다.

구름이 너무 짙어 민간인 희생자가 많이 나올지 모른다고 우려하는 장군에게 무조건 폭탄을 투하하라고 명령하는 닉슨 대통령의 목소리가 녹음된 테이프 이야기로 독자들을 슬프게 만들지는 않기로 했다. 왜 전쟁을 계속해야 했는지 그 이유가 담긴 서류에 대해서도 말하지 않았다.

- 민주주의를 지키기 위해: 10퍼센트
- 남베트남을 지원하기 위해: 10퍼센트
- 치욕적인 상황을 피하기 위해: 80퍼센트

내가 제대로 붙여보려 애써도, 떨어져 나온 실들은 닻을 내리지 않고 고정되지 않고 자유롭기를 원했다. 바람의 속도에 따라, 이어지는 뉴스들에 따라, 내 아들들의 불안과 미소에 따라 실들이 저절로 다시 자리 잡았다. 이 책의 남은 이야기들은 현장에서 포착된 편린들과 숫자들이 함께하는 불완전한 종결이다.

루이와 에마제이드, 사이공에서

나는 루이가 자신이 어릴 때 살았던 동네를 에마제이드에게 설명하는 목소리를 들었다.

"여기 이 나무에 박힌 못은 적어도 40년은 된 거야. 이 길 위에서 사람들 이발을 해주던 아저씨가 거울을 걸어두었지."

"이 어두운 복도에는 100살 먹은, 아니 아예 불사신인 한 할머니가 아침마다 체중계를 들고 와서 지나가는 사람들이 몸무게를 재어보게 해줬어. 등짐의 무게도 달아보게 했고."

"내 엄마 떰이 저 아파트에 살았어."

"어릴 때 난 저 바에서 나오는 음악 소리가 좋았어."

"팬 암 항공사 간판도 계속 저기 있었어. 내가 사려고 알아보는 중이야. 나한테 글 읽는 법을, 처음으로 영어를 가르쳐준 패멀라를 기억하려고."

"내가 널 먹이려고 저기 저 가판대에서 연유를 훔쳤어. 주인아줌마가 아직 살아 있지. 20년 뒤에 찾아가서 돈을 갚았는데, 날 기억하고 있었어. 그때 내가 연유를 훔치는 것도 이미 알고 있었고."

　나는 루이와 에마제이드가 분홍색 화강암 벤치 밑에 머리를 밀어 넣고 누워 있는 모습을 그려본다. 그 옛날 둘의 집이었던 곳, 시클로꾼이 아기를 데려와 내려놓은 곳이다. 그날 공원 맞은편의 노천 바에서 폭탄이 터져 여러 명이 다치고 한 명이 죽었다. 어느 병사가 두고 내린 여행 가방을 돌려주러 갔던 시클로꾼이었다.

하워드, 애너벨, 에마제이드

하워드와 애너벨은 사이공으로 와서 에마제이드를 만났다. 그리고 자신들이 딸의 출신을 숨긴 이유를 들려주었다. 당시 그들이 속한 사회와 그들의 나라에서 하워드처럼 전쟁에서 돌아와 일상생활에 복귀한 참전용사들을 과장되고 모순적인 시선으로 바라보던 여론 때문이었다.

무지개

무지개는 희망, 기쁨, 완전함을 나타낸다. 그런데 미군이 베트남 땅에 쏟아부은 제초제들의 이름 역시 무지개rainbow였다. 어릴 때 떰은 무더운 건기와 몬순의 우기 사이에 난데없이 가을이 생겨나기라도 한 듯 농장의 나무들에서 잎이 떨어지는 모습을 지켜보았고, 바로 그 무지개 때문에 암에 걸렸다.

• 2만 번의 살포 비행
• 2천만 갤런의 고엽제와 제초제, 즉 8천만 리터가 소나기처럼 쏟아졌다.
• 2천 제곱킬로미터, 다시 말해 눈에 보이는 지평선 너머까지, 하느님이 발 딛고 선 곳 너머까지 오염되었다.
• 베트남 영토의 24퍼센트에 달하는 면적 위로 무지개의 색들이 뿌려졌다.
• 그 무지개로 인해 3백만 명이 죽었고, 최소 9백만 명의 친지가 슬픔에 젖었다.
• 1백만 명의 기형아가 태어나서 인간이 지닌 뛰

어난 능력을 확인해주었다.

1961년부터 1971년까지 이어진 랜치 핸드Ranch Hand 작전의 목적은 적이 숨지 못하도록 나뭇잎들을 죽이는 것이었다. 그 결과 강력한 독성 물질들이 땅속으로 스며들어 식물들의 뿌리를 태워버렸다. 그중에서도 가장 효과적인 무지개는 토양을 메마르게 만들어 씨앗이 자라날 수 없게 했다. 아마도 그러면 더 이상 생명이 버티지 못하리라 믿었을 것이다. 하지만 사람들은 버텨냈다. 그 독성 물질을 몸 안에 받아들이면서 살아남았다.

다이옥신은 네 세대가 지난 지금까지도 남아 있다. 독성 물질들은 유전자를 오염시키고 염색체와 섞이고 세포 속에 스며들었다. 독성 물질들은 세포를 자신들의 형상으로, 전능한 인간의 형상으로 만들어내고 일그러뜨렸다.

고엽제인 에이전트 오렌지는 이름과 달리 분홍색 혹은 연갈색이었다.

에이전트 오렌지를 살포하느라 나란히 하늘을 나는 비행기들을 본 아이는 그것이 비행 쇼의 광경인 줄 알았다. 4분 동안 C-123기가 16제곱킬로미터의 숲 위

를 비행하며 1제곱킬로미터당 3세제곱미터의 에이전트
오렌지를 살포했다. 기관총이 설치된 헬리콥터 한 대와
전투기 한 대의 호위를 받기는 했지만, 그래도 위험한
작전이었다. 에이전트 오렌지를 맞은 나무들이 죽으려
면 2주 혹은 3주를 기다려야 하는데, 지상에서 적이 총
을 하늘로 겨눈 채 숨어 있었기 때문이다. 지상의 적은
죽음을 각오한 이들이었다. 그들은 곧바로 죽을 수도,
아니면 15년, 20년 뒤에 간암으로, 심장병으로, 흑색종
으로 죽을 수 있었다.

춤추는 비행기들을 지켜보던 아이는 하늘에서 이
슬비처럼 내려오는 액체와 사랑 노래에서처럼 바람결
에 떨어지는 나뭇잎들 사이에 어떤 관련이 있는지 알지
못했다. 지금껏 건기와 우기밖에 없던 열대의 숲에 기
적적으로 가을이 왔다고 생각했을까? 감미로운 우수의
계절이, 사람들이 꿈꾸던 서방의 계절이 왔다고?

에이전트 오렌지의 강력한 효능에도 불구하고 벼
는 죽지 않았다. 오렌지 이전에 그린, 핑크, 퍼플 등이
있었다. 이후에는 화이트와 블루가 나왔다. 화학자들이
만든 고엽제의 다양한 종류를 표시하기 위해 통 위에
각 색깔별로 띠가 그려졌다. 색깔마다 저마다의 기능대

로 잎을 떨어뜨리거나 뿌리를 죽였다. 그 전체가 랜치 핸드 작전에 사용된 무지개 고엽제들이다. 고엽제의 일차적인 임무는 잎이 무성한 열대의 숲을 파괴하고 수확을 망쳐 적의 식량을 빼앗는 것이었다. 대부분의 나무는 고엽제가 처음 닿는 순간 죽어버렸다. 끈질기게 버텨도 2차 혹은 3차 살포 후에는 다 죽었다. 그런데 벼는 버텨냈다. 어떤 색의 고엽제에도 죽지 않았다. 수류탄과 박격포도 벼를 완전히 없애지 못했다. 씨앗에서 싹이 다시 움텄고, 그렇게 자란 벼들은 역사의 잘못된 순간에 잘못된 장소에 있었던 농부들과 저항군 병사들을 위한 식량을 만들어냈다. 결국 벼가 뿌리 내린 생명의 근원을 빼앗기 위해 토양을 완전히 메마르게 만드는 에이전트 블루를 만들어내야 했다. 에이전트 블루가 벼를 무찔렀다.

　만일 미군 병사들이 고엽제를 피해 갈 수만 있었다면 랜치 핸드 작전은 성공한 군사작전으로 이름을 남겼을 것이다. 하지만 미군들 역시 고엽제에 노출되었다. 공중에서 살포된 고엽제 방울들은 중력에 의해 땅으로, 적들에게로 떨어졌지만, 바람이 불면 그것을 뿌린 사람들에게도 날아갔다.

살아남아 어른이 된 아이들도 있었지만 이미 10년 동안 날씨가 좋은 날이면 무지개색 제초제 8천만 리터가 하늘에서 비가 되어 내리는 광경을 본 뒤였다.

45년이 지난 오늘날, 그 아이들이 낳은 아이들이 심한 선천적 기형을 통해 인간의 능력을 증언하고 있다. 유전자돌연변이를 만들 수 있고 자연의 모습을 바꾸어 놓을 수 있는, 신의 반열에 오를 법한 능력이다. 인간은 절반이 녹아버린 얼굴을 만들어낼 수 있고, 원래의 머리 옆에 더 큰 머리 하나를 더 갖게 할 수 있고, 눈알을 눈구멍에서 튀어나오게 할 수 있고, 숨길에서 영혼이 사라지게 할 수 있다. 꽃의 분홍색, 무사태평의 흰색, 퍼플하트*의 보라색, 몬순기의 비를 맞는 나뭇잎의 초록색, 무한한 하늘의 파란색 액체를 쏟아부으면 된다.

---

* 미군 부상자와 전사자에게 수여하는, 보라색 끈에 달린 훈장.

잊힌 사람들

• 874만 4천 명의 군인이 미국, 북베트남, 남베트남의 전쟁에 참전했다.

• 미군 5만 8,177명이 사망하고 15만 3,303명이 부상당했다.

• 북베트남에서 150만 명의 군인과 2백만 명의 민간인이 사망했다.

• 남베트남에서 25만 5천 명의 군인과 43만 명의 민간인이 사망했다.

사망자와 부상자의 숫자가 어째서 한쪽은 정확하고 다른 쪽은 근사치일까? 그리고 다른 숫자들은 왜 집계되지 않았을까?

• 고아들
• 남편을 잃은 아내들
• 무너진 꿈들
• 상처 받은 마음들

그리고 또, 만일 계산과 전략과 방정식에, 특히 전투에 사랑이 포함되었더라면 이 숫자들이 달라졌을까?

베트남, 1975년 4월 30일

베트남 땅의 S자 형태는 아마도 그 굴곡진 역사를 혹은 그 우아함을 나타낸다. 50킬로미터밖에 안 되는 가는 허리를 가운데 둔 형제자매가 서로를 적이라 믿었다. 하지만 그 이전에는 오랜 세월 동안 함께 코끼리 등에 타고 중국에 맞서 싸웠다.* 그다음에는 100년 동안 프랑스에 맞서 함께 봉기했다. 그런데 자신들의 승리를 두고 제네바의 테이블†에서 기나긴 토론과 협상이 이어지는 사이, 그들은 축하할 날을 기다리다 잠들어버렸다.

깨어나 보니 나라는 마치 세포분열이 일어난 것처럼 둘로 나뉘어 있었다. 양쪽은 각자 변해갔고, 20년 뒤 통일이 되어 다시 만났을 때는 서로 완전히 달라져 있

---

* 베트남은 15세기까지 중국의 지배를 받았다. 1세기 후한 시대에 '베트남의 잔다르크'라 불리는 찌에우티찐, 쌍둥이 쯩 자매 등이 코끼리를 타고 저항운동을 이끌었다.

† 1954년 5월 7일에 프랑스에 맞선 베트남 독립전쟁이 종결되었고, 이튿날인 5월 8일부터 제네바에서 협상이 시작되었다. 7월 21일에 북위 17도를 휴전선으로 삼고 1956년 7월 이전에 베트남 정부 수립을 위한 총선을 실시하기로 한 최종 선언문이 채택됐지만, 남베트남은 협정 승인을 보류했고 결국 선언문은 조인되지 못했다.

었다. 그리고 서로에게 화가 나 있었다. 북베트남은 미국에 볼모로 잡힌 남베트남을 해방시키기 위해 형으로서 희생해야 했던 게 화가 났고, 남베트남은 도어즈*의 음악에 맞춰 춤을 추고 『파리 마치』†를 읽고 텍사코‡에서 일할 수 있는 자유가 사라진 게 슬퍼서 화가 났다. 북베트남은 미국의 매력과 힘에 굴복한 남베트남을 엄하게 처벌했다. 남베트남은 침묵했고, 북베트남이 국경을 봉쇄하고 문을 닫아걸고 말을 막아버리자 달이 뜨지 않는 밤을 틈타 도망갔다.

같은 깃발 아래서 45년 동안 같은 일상을 보낸 뒤에도 베트남 중앙에 자리 잡은 가느다란 허리에는 정치가 상상으로 만들어낸 단절의 흉터가 여전히 남아 있다. 한 핏줄 사이의 오래된 상처는 너무 깊고 너무 조용해서 베트남 땅 밖으로도 퍼져나갔다. 다카르, 파리, 바르샤바, 뉴욕, 몬트리올, 모스크바, 베를린…… 어디서 만나든 베트남 사람들은 자기소개를 할 때 늘 어디 출신인지, 북쪽에서 왔는지 남쪽에서 왔는지, 친미인지

---

* 미국의 록 밴드.
† 대중 화보 뉴스와 최신 사건을 다루는 프랑스의 주간잡지.
‡ 미국의 석유 회사.

반미인지부터 말한다. 그들은 1954년 이전과 이후로, 1975년 이전과 이후로 자신들을 나눈다.

다가올 2025년 4월 30일은 1975년의 4월 30일처럼 수요일이다. 모든 베트남 사람들에게 50주년은 분명 큰 사건이다. 하지만 어느 쪽에 속하느냐에 따라 사건은 각기 다르게 강조될 것이다. 한쪽은 북베트남이 남베트남과 하나가 된 날을 기념할 테고, 다른 쪽, 그러니까 1975년 4월 30일 이후에 고국을 탈출한 사람들은 시드니, 오스틴, 산호세, 밴쿠버, 파리, 프랑크푸르트, 몬트리올, 도쿄…… 에서 사이공 함락을 슬퍼할 것이다.

50주년은 아마도 기억이란 곧 망각하는 능력임을 확인해줄 것이다. 기억은 베트남인들이 어디에 살고 있든 모두 불멸의 선녀족에 속한 한 여자와 용龍의 혈통을 지닌 한 남자의 사랑*에서 태어난 후손임을 잊었다. 나라가 철조망에 둘러싸인 검투장이었고 사람들은 그 안

---

* 베트남의 전설에 따르면, 링남이라는 곳에 살던 한 지도자가 용왕의 공주와 결혼하여 왕자 락롱권을 낳았고, 왕자는 자라나 요괴들을 물리치고 선녀 아우거와 사랑에 빠졌다. 선녀가 낳은 100개의 알에서 100명의 왕자가 태어난 뒤, 용의 후예였던 락롱권은 용으로 변해 아들 쉰 명을 데리고 바다로 갔다. 아우거가 나머지 쉰 명의 아들을 데리고 땅을 일구어 훗날 베트남이 될 반랑이라는 나라를 세웠다.

에서 마주친, 서로 싸울 수밖에 없는 적이었다는 사실도 잊었다. 멀리 있는 손들이 그 철조망을 끌어당기고 방아쇠를 당겼다는 사실 역시 잊었다. 대신 주먹질을, 뿌리를 죽이고 조상들과 이어진 끈을 끊어버리고 불멸의 혈통을 무너뜨린 깊은 고통을 기억할 뿐이다.

팀 오브라이언*과의 상상의 대화

팀 총알은 적을 죽일 수 있지만, 누구를 맞히느냐에 따라 적을 만들기도 합니다.†

킴 총알이 적을 죽일 때는 적어도 한 명의 새로운 적이 생겨나죠. 총알을 맞은 게 누구인지는 상관없어요.

---

* Tim O'Brien(1946~): 미국의 작가로 미국-베트남 전쟁 참전 경험을 회고한 『내가 만일 전투 지역에서 죽는다면*If I die in a combat zone*』 (1973)과 『그들이 가지고 다니는 것들*The Things they carried by*』 (1990) 등을 썼다.

† 원서에서 팀 오브라이언의 말은 영어로 되어 있다.

화가 루이 부드로와의 공상의 대화

킴 이 상자는 정말 대단해요. "내 심장이 박동을 멈추었다."* 이유는 두 가지죠. 상자 그 자체, 그리고 당신. 당신은 지나친 아름다움 때문에 인간이 죽을 수 있다고 생각하나요?

루이 부드로 인간은 오직 아름다움 때문에 죽어야 해요. 내가 작업을 다 마치면 알게 되겠죠. 이 상자 안에는 말해질 수 없는 것이 담겨 있어요.

킴 흘러가는 시간 위에 자리한 이 모든 삶의 실들
버려진 사람들의 삶의 선을 그리는, 매듭 없고 묶인 곳 없는 이 모든 실들
줄타기 곡예사들이 균형을 잃지 않고 삶을 건너가게 해주는, 참을성 있게 수놓인 이 모든 실들
당신의 모든 실들

---

*   De battre mon coeur s'est arrêté: 자크 오디아르Jacques Audiard의 영화 제목.

루이 부드로　　입김 한 번 불면 사라질 것 같지만, 버티면 절대로 무너뜨릴 수 없지요.

그리고 아름다움은 버텨냈다.

냉전

1954년부터 1975년까지 북위 17도선을 사이에 둔 북베트남과 남베트남의 전쟁은 동방과 서방 사이 갈등의 결정체였다. 전쟁의 출발은 프랑스의 인도차이나(라오스, 캄보디아, 베트남) 지배를 종식시킨 휴전협정인 제네바협약이었다.

제네바협약은 1954년 호찌민이 이끄는 북베트남과 프랑스 사이에 체결되었다. 프랑스와 베트남의 모든 관계를 청산하기 위해 두 달 동안 여러 나라 대표들이 테이블에 둘러앉았다.

- 중국
- 소비에트연방
- 라오스
- 캄보디아
- 북한
- 남한
- 영국
- 프랑스

- 북베트남
- 폴란드
- 인도
- 캐나다
- 미국

　마치 연극 무대에서처럼 문이 계속 열리고 또 시끄럽게 닫혔다. 그러는 동안 누군가는 위협당했고, 누군가는 지지를 받았고, 누군가는 각자의 입지를 가늠하기 위해 가까이 혹은 멀리 서보았다. 무대 위의 사람들은 서로 거래하면서 영토를 떼어냈고, 국경선의 위도와 경도를 바꿨고, 군대를 주둔시킬 권리를 얻어냈고, 자율권을, 그러니까 독립을 약속했고, 새로운 연합의 기회를 교환했다. 그렇게 고무나무 농장이나 커피 농장이 들어서던 때처럼 지정학적 지도 위에 표범 무늬가 그려졌다. 토론이 어찌나 맹렬했는지, 얼마나 복잡하고 중요한 이익을 두고 씨름했는지, 협상 테이블에 앉은 이들은 사람의 존재를, 그 땅에서 아기가 태어나기를 기다리고 망고가 익기를 기다리고 학교 의자에 앉아 성적이 발표되기를 기다리는 사람들을 잊었다.

왜곡되고 모순된 약속들로 이루어진 제네바협약은 북베트남과 남베트남 사이에 새로운 전쟁을 낳았다. 갑자기 국제 무대에서 베트남이 탐나는 대상으로 부각되며 20년 동안 전쟁이 이어졌다. 베트남은 중국과 소련과 미국의 역학 관계에 있어 중요한 지점이었다. 그런데 눈 한 번 깜빡하지 않고 서로 노려보며 대치하던 세 강대국이 20년 뒤에 경기 종목을 바꾸기로 한다. 그들은 카메라 앞에서 서로 악수를 했다. 베트남과 악수하려 손을 내미는 쪽은 없었다. 베트남은 세력의 각축장에서 차지했던 전략적 위상과 자리를 잃어버렸다.

　세 강대국으로부터 버려진 두 베트남은 불편하지만 함께 살 수밖에 없었다. 그들의 분노와 놀라움, 증오와 승리, 피로와 기쁨의 눈물은 오랫동안 싸우다가 여전히 마음속으로 피 흘리고 몸에 멍 자국이 남은 채 서툰 포옹을 하는 형제처럼 뒤섞였다. 그런 상태에서, 1975년 4월 30일 공식적으로 평화가 선포되었다.

옮긴이의 말

기억과 망각이 엮어 짠 베트남 전쟁 이야기

프랑스로부터의 독립을 위한 인도차이나 전쟁과 제네바협약에 따른 분단, 이어 미국이 개입한 전쟁과 통일 정권 수립에 이르기까지 우리가 아는 베트남의 역사는 지극히 피상적이고 또한 정치적 이데올로기에 의해 상당 부분 왜곡되어 있다. 1970년대 박정희 정권 시절 미국의 요청 또는 압박으로 베트남에 군대를 파병할 때 우리의 어린 학생들은 '자유와 정의'를 지키러 전쟁터로 떠나는 군인들을 위해 태극기를 흔들었고, 참전 용사들은 당시엔 구하기 힘들었던 진귀한 과일들과 미군 PX에서 흘러나온 가전제품들을 들고 자랑스럽게 귀국했으며, 상이용사가 되어 돌아온 군인들은 위협적인 구걸을 하며 시민들을 불안하게 만들기도 했다. 6·25로 무너진 우리 경제가 미국-베트남 전쟁 덕분에 일찍 위기를 극복하고 고속 성장의 길에 들어섰다는 논리도 먹혀들었다.

1975년 구정 대공세를 기점으로 열세에 몰린 미국이 철수하면서 남베트남은 무너지고 호찌민이 이끄는 공산주의 통일 정부가 수립되자 우리나라는 상당히 곤혹스러운 상황에 놓였다. 어쨌든 베트남은 외세들의 격전지가 되어 치러낸 전쟁의 상처를 서둘러 봉합해냈고, 이제는 세계 굴지 기업들을 위한 노동력 시장이자 이국적인 풍경에 매료된 관광객들의 사랑을 받는 나라가 되었다. 활발한 경제적 교류의 물밑에서 역사의 망각으로부터 기억을 길어 올리는 작업도 조용히 끈기 있게 이어지고 있다.

저자 킴 투이는 1968년에 지금은 호찌민시라 불리는 사이공에서 태어났고, 열 살 때 이른바 '보트피플'로 조국을 떠나 캐나다의 퀘벡에 정착했다(첫 작품이자 자전적 소설인 『루』가 이 이야기를 다룬다). 대학을 졸업한 뒤 변호사와 번역·통역 일을 거쳐 베트남 요리 관련 책을 내고 식당을 운영하다가(이 경험이 두번째 소설 『만』의 바탕이 되었다), 마흔 살에 작가의 길에 들어섰다.

함축적인 문체와 서정적 단장들로 이루어진 작품들로 독자들의 사랑을 받아온 킴 투이의 최신작 『앰』은 여전히 전쟁으로 고통 받고 상처 입은 사람들에 대해 말하지만, 전작들에 비해 자전적 배경과 조금 거리를 두고 서서 "왜?"라는 질문을 던진다. 그래서 『루』와 『만』에서 회상과 고백을 이어간 1인칭 화자 대신 『앰』에서는 3인칭 화자가 등장한다. 『앰』의 화자에게 조국은 더 이상 공산주의에 대한 두려움 때문에 칠흑 같은 어둠 속에서 배에 올라 떠나온 남베트남이 아니다. 이제 조국은 프랑스의 식민 지배로 수탈당한, 명분 없는 전쟁에 뛰어든 "전쟁 기계" 미국의 힘에 으스러진, 남과 북으로 나뉘지 않은 베트남이다.

『앰』의 킴 투이는 조국이 치러낸 전쟁에 담긴 모습들을 전부 다 책 속에 담아낼 수 없음을 알기에, 루이 부드로의 그림을 통해 설명한 대로, 흩어진 실들을 그대로 남겨두며 하나의 진실 대신 "진실들"을 찾아나가려 한다. 소설 속 사건들에서 한 걸음 물러난 상태로 중간중간 등장하는 전쟁 관련 자료들은 허구 이야기를 역사

속에 닻을 내리게 하려는 객관성의 노력인 동시에, 흩어진 실들을 이어나가는 보이지 않는 굵은 실이다. 그것은 역사적 현실로서의 미국-베트남 전쟁과 문학적으로 그려진 그 땅에서의 삶을 씨줄과 날줄로 엮어가는 노력이다. 킴 투이는 그렇게 흩어지고 망설이고 가려진 기억들을 자기만의 실로 꿰어나간다.

전쟁은 폭력이다. 인간이 인간에게 죽음이라는 폭력을 행사하는 전쟁은 정치적 이데올로기의 가면을 쓰고 살해를 영웅시하는 집단 폭력일 뿐이다. '팀 오브라이언과의 상상의 대화'에서 "총알은 적을 죽일 수 있지만, 누구를 맞히느냐에 따라 적을 만들기도 합니다"라는 오브라이언의 말에 킴 투이는 이렇게 반박한다. "총알이 적을 죽일 때는 적어도 한 명의 새로운 적이 생겨나죠. 총알을 맞은 게 누구인지는 상관없어요."

어느 전쟁이나 다르지 않을 테지만, 특히 제국주의적 인종차별과 성차별에 이르기까지 정치적 폭력과 일상적 폭력이 마구 뒤섞인 베트남 전쟁은 앞에 나서서 전쟁을 수행한 군인들 외에도 "무너진 꿈들, 상처 받은 마음들"이라는 수많은 희생자를 낳았다. 전쟁의 상처는 "네 세대가 지난 지금까지도" 땅과 인간의 몸에 버티고 있는 "무지개"가 증명하듯 여전히 현재형으로 남아 있다. 그리고 말이 되기를 기다리며 우리에게 말하라고 요구한다.

폭력과 증오의 세상에서는 말 또한 폭력에 부역하지만, 말하기 힘들고 이해할 수 없는 것을 이해하려는 노력 역시 말을 통해서 이루어질 수밖에 없다. 끝없이 주저하면서라도 말로써 의미를 만들어가는 것이 남은 사람들의 몫이다. 그것이 전쟁 중에 맺어지는, 아마도 혈연보다 더 진한 관계를 담은 단어 '앰em'을 통해 저자가 전하는 메시지일 것이다. "사랑하라aime."